AF215800

Kontrast

Ich möchte helfen!
Darum spende ich pro verkauftem Exemplar
die Hälfte meines Gewinns an den
Verein krebskranker Kinder Hannover e.V.

Buchbeschreibung:

Catherina Sanz, Kinderanimateurin in einem Edelhotel, kann ihr Glück kaum fassen: Endlich scheint eine Karriere im Management in greifbare Nähe zu rücken. Doch statt einer neuen Stelle bekommt sie einen besonders schwierigen Auftrag: Sie soll den Juniorchef in der Kinderanimation anlernen und auf ihren eigenen Traumjob vorbereiten. Da ist der Plan vollkommen klar: den Kerl rausekeln, und zwar schnell.

Damian Dennert heißt der millionenschwere Auszubildende, der sich sein Leben nach Abschluss seiner feucht-fröhlichen Studentenzeit ganz anders vorgestellt hat. Arbeiten statt Party machen? Auf keinen Fall. Sein Plan steht schnell fest: Frau Sanz, es tut mir leid, aber Sie werden sich unsterblich in mich verlieben. Und meinen Alten davon überzeugen, mich schnell aus dieser Nummer zu entlassen.

I. M. CARE

Kontrast

Bleiben oder gehen

Roman

Bibliografische Information der Deutschen Nationalbibliothek:
Die Deutsche Nationalbibliothek verzeichnet diese Publikation in der
Deutschen Nationalbibliografie detaillierte bibliografische Daten sind
im Internet über http://dnb.dnb.de abrufbar.

© 2017 I. M. Care
Lektorat: Christiane Saathoff
Korrektorat: Anne Paulsen
Foto: Andreas Emmert/Adobe Stock
Foto: tr3gi/Adobe Stock
Cover: NepoMedia GmbH
Herstellung und Verlag:
BoD – Books on Demand, Norderstedt
ISBN: 978-3-7448-0760-9

Inhalt

Kapitel 1 ✌ Damian

Filmriss

Wo kam dieses verdammte Licht her? Mein Kopf fühlte sich an, als hätte mich jemand mit einem Baseballschläger verdroschen. Ich versuchte meine Augen zu öffnen – keine Chance. Alles drehte sich, vor allem mein nicht vorhandener Mageninhalt. Und dann noch dieser Gestank nach billigem Parfüm … Komm schon, Damian. Wann hattest du zuletzt so einen Filmriss?

Auf meinem rechten Arm lasteten geschätzte siebzig Kilo, ich tastete mit meiner freien Hand hinunter zu meinem Schwanz. Nackt. Nicht erigiert. Moment, nicht erigiert? War das jetzt ein gutes oder ein schlechtes Zeichen?

Noch mal zum Anfang. Gestern war ich mit Kriss unterwegs, wir hatten unsere bestandene Masterprüfung gefeiert. Da war das Dinner mit unseren Familien und der ganze formelle Scheiß, Hunderte Leute beglückwünschten uns zur Beendigung unseres Studiums. Später die Clubtour. Überall waren Weiber, die ihre Hintern in Röcken – na ja, eigentlich waren es eher breite Gürtel – um die Wette präsentierten. Sie taten alles, um an unserer Seite abgelichtet zu werden. Wir waren ja auch lange genug im Ausland gewesen, es war dringend Zeit, wieder in der Heimat die Sau rauszulassen.

Natürlich waren auch die Paparazzi gleich zur Stelle, sie drängelten sich vor den Clubs. Das würde Schlagzeilen geben: Damian Dennert, erneuter Partyexzess – wird er jemals in die Fußstapfen seines Vaters treten?

Boah, der letzte Tequila musste schlecht gewesen sein. Na, irgendeine Susi, Sarah, Sophia – oder wie sie sonst heißen mochte – würde hier schon neben mir liegen. Lass es um Himmels willen nur kein Dunkin'-Donut-Weib sein! Das Letzte, was ich jetzt gebrauchen konnte, war eine runde Frau, die in der Birne hohl war.

Mühevoll öffnete ich die Augen. Zu hell. Ich blinzelte. Mein Nacken schmerzte, als ich meinen Kopf zur Seite drehte.

Verdammte Scheiße!

Blonde, strohige Haare verteilten sich um ein weißes Kissen. Diese SusiSarahSophia war geschätzte vierundzwanzig, womöglich auch älter. Ihre Gesichtsform ähnelte einem Apfel, ihre Haut war irgendwie rot. Ihr Mund – ein gerader Strich, farblos, konturlos. Ihre Figur – davon war nicht viel zu sehen, da sie eingewickelt wie eine Sushirolle in ihrem Bettlaken ruhte. Mit den geschätzten siebzig Kilo auf meinem Arm hatte ich nicht falsch gelegen … Eher noch zehn Kilo drauf. Nicht der Frauentyp, auf den ich normalerweise abfuhr. Und dann noch dieses süßliche Parfüm. Ich musste mich beinahe übergeben.

Heiliger Jesus, bitte lass sie mir nur einen geblasen haben. Bei meinem Glück aber hatte ich sie vielleicht sogar entjungfert.

Okay, Damian, Showtime!

Ruckartig zog ich meinen Arm unter dem Kopf der Blondine hervor, schwang die Füße aus dem Bett und schwankte.

»Scheiß Erdanziehungskraft.« Ich fiel fluchend zurück auf die Bettkante. Im Hintergrund ertönte ein krächzender Laut. Wie von einem Papagei. Schnellstmöglich versuchte ich meine Sachen ausfindig zu machen. Aha, auf einem Haufen neben meiner Bettseite. Mein Gastspiel in diesem Zimmer sollte so kurz wie möglich ausfallen. Ich schlüpfte in meine Boxershorts und die Hose, schloss den Gürtel und streifte mir das weiße Hemd über. Alle Knöpfe noch dran, Gott sei Dank. Anscheinend war es nicht stürmisch zur Sache gegangen.

Plötzlich hörte ich eine gedämpfte Stimme neben mir: »Du willst schon gehen, ohne einen Gutenmorgenkuss?«

Meine Nackenhaare stellten sich auf, der Würgereiz war wieder da. Himmel was dachte die denn, wer sie war? Claudia Schiffer? Es war dringend Zeit, Blondi in die Wirklichkeit zu holen.

»Kannst du mir verraten, warum ich ausgerechnet neben dir aufwache?«

Sie fuhr hoch und enthüllte ihre nackte Brust. Ich verspürte den heftigen Drang, meine Augen zu bedecken und mich umzudrehen, um das Desaster nicht länger betrachten zu müssen. Stattdessen gaffte ich sie an, fassungslos. Ihre Dinger hingen wie Schläuche herunter – und zwar wie nicht aufgeblasene Schläuche. Shit!

Dafür gab es nur eine einzige Erklärung: Drogen. Es mussten gestern Drogen im Spiel gewesen sein, von denen ich nichts wusste, ansonsten wäre mir so etwas nie passiert. Ich rümpfte die Nase und schüttelte den Kopf, während ich weiter mit meinen Hemdknöpfen kämpfte.

»Wie jetzt? Sag bloß, du erinnerst dich nicht an letzte Nacht?«

Ich schaffte es, den dritten Knopf meines Hemdes zu schließen, und schenkte ihr meinen herablassendsten Blick.

»Na, wenn es mir nicht im Gedächtnis geblieben ist, kann es nicht besonders gut gewesen sein.«

Völlig perplex starrte sie mir in die Augen. Ach ja, sie war blond, da dauerte das Denken länger. Vielleicht würde sie mich dennoch über den gestrigen Abend aufklären können.

»So, Babe« – mein Kosename für jede Frau, außer meiner Mutter und meiner Schwester. Ich kann mir einfach keine Namen merken. Wozu auch? –, »erklär mir doch mal, was gestern passiert ist.«

Verdutzt klimperte sie mit ihren verklebten Wimpern.

Ich seufzte und versuchte es noch einmal, jedes Wort betonend: »Okay, ganz langsam für dich: Wer bist du? Wo bin ich? Was haben wir gestern Nacht gemacht?«

Um sie zum Sprechen zu animieren, nickte ich zu jedem Satz bestätigend mit dem Kopf.

»Weißt du es denn wirklich nicht mehr?« In ihren Augen sammelten sich erste Tränen. Bitte, lass mich sie nicht entjungfert haben! Sie würde an mir kleben wie ein Kaugummi unter der Schuhsohle. Ich fing an, im Stillen zu beten.

Sie schluchzte. »Du bist mit zu mir gekommen. Ich war so glücklich, dass ein Mann wie du … «, sie brach ab und wischte sich mit dem Handrücken über die Nase, dann sprach sie weiter: »Na ja, auf alle Fälle sind wir zu mir«, wieder ein Seufzen. »Als wir uns dann ausgezogen hatten … « Seufzen.

Langsam wurde ich ungeduldig.

»Du meintest, meine Lippen wären der Wahnsinn …« Seufzen.

Ich musste einen Lachanfall unterdrücken.

»Wie ging es weiter?«

Zu Blondis Unsicherheit gesellte sich Zorn.

»Du Arschloch! Es ging nicht weiter. Nachdem ich dir einen geblasen hatte, hast du ›Danke, Tina‹ gesagt und bist eingeschlafen.«

Jetzt musste ich wirklich lachen.

»Was gibt es da zu lachen?«, fauchte sie mich an.

»Wenigstens habe ich ›Danke, Tina‹ gesagt.«

»Ich heiße nicht Tina! Sondern Saskia«, blaffte sie zurück.

Ich war indessen schon dabei, das Zimmer zu verlassen.

»Muss ich dich für deine Dienste bezahlen?«, fragte ich frech und schloss schnell die Tür. Etwas polterte von innen dagegen. Ich deutete das als ein Nein.

Es dauerte ein wenig, bis ich meinen Standort auf meinem Handy lokalisiert hatte. Ich rief mir ein Taxi und trat auf die Straße. Viel zu hell. Kein Wunder, es war schon Mittag.

Kurz darauf hielt das Taxi vor mir. Es lebe die Großstadt. Ich stieg ein und rieb mir mit den Händen übers Gesicht.

»Aqua-Marin«, gab ich hustend von mir.

Ich wählte Kriss' Nummer. Womöglich wusste er mehr

vom gestrigen Abend. Es klingelte ewig. »Hallo?«, ertönte dann eine heisere Stimme.

»Wo steckst du?«

»Wer ist dran?«, wollte er mürrisch wissen.

Ich verstellte meine Stimme.

»Kristoffer, hier spricht deine Mama, antworte gefälligst auf meine Frage.« Stille.

»Hey, Mum, warum hörst du dich wie eine Transe an?«

Witze über Kriss' Mum waren an der Tagesordnung. Sie hatte ihn und seinen Vater für einen Jüngeren verlassen. Gut möglich, dass er deshalb zum Arschloch mutiert war, was Frauen anging.

»Hallo?«, sagte ich wieder mit verstellter Stimme.

»Ugh! Sie ist rothaarig!«, schrie er in den Hörer.

»Du hattest wohl auch das Glück, neben einer Naturkatastrophe aufzuwachen«, schmunzelte ich.

Kriss hatte eine Abneigung gegen Rot, genau wie ich gegen Blond.

»Wundert mich, dass du überhaupt eine abbekommen hast. Bei deinem hässlichen Gesicht«, witzelte ich.

Krächzend antwortete er: »Dafür ist mein Gemächt einfach phänomenal.« Ein wehleidiger Ton entrang sich seiner Kehle. »Dieses grüne Gesöff hat uns das Genick gebrochen. Wir haben gefeiert, getrunken und …« Er brach ab und weckte seine Bettgeschichte.

»Hey, Rotschopf, bitte sag, dass ich dich nicht gefickt habe.«

Ich hörte im Hintergrund eine sirenenartige Stimme, die ihn wüst beschimpfte.

»Boah, sei ruhig, du Furie, und hol mir Frühstück!«

Sie fauchte weiter, dass sie nicht sein verdammtes Dienstmädchen sei.

»Okay, Damian, hier scheint sich eine besonders wichtig zu nehmen. Ich verstehe sie kaum, da sie so komisch nuschelt. Keine Ahnung, ob sie alle Tassen im Schrank hat. Ich muss Schluss machen«, sagte er und legte auf.

Kriss und ich tickten in dieser Hinsicht gleich. Wir entstammten beide den weltweit reichsten Hotel-Dynastien, und zusammen hatten wir unser Studium unnötig in die Länge gezogen, da keiner von uns Bock hatte, der Realität zu früh ins Auge zu blicken. Wir feierten, wir fickten und wir flohen. Jetzt, mit neunundzwanzig, fing das Leben erst so richtig an und wir würden es voll und ganz auskosten.

Mein Handy klingelte. Ich schaute aufs Display. Oh nein! Was wollte der so früh von mir?

»Morgen, Paps!«

»Damian, ich erwarte dich heute um Punkt 15 Uhr in meinem Büro.«

Wie ich seinen Befehlston hasste!

»Wieso?«, gab ich genervt zurück.

»Weil ich es sage, Damian!«, knurrte er in den Hörer. Am Klang seiner Stimme hörte ich deutlich heraus, dass er ein Nein nicht gelten lassen würde. Ich hatte an sich ein gutes Verhältnis zu meinen alten Leuten, aber welche Laus ihm heute über die Leber gelaufen war – keine Ahnung.

»Heute ist es schlecht, wie wäre es mit morgen?« Ich

musste dringend ins Bett. Mein Kater trieb mich in den Wahnsinn!

»Selbst wenn die Welt aufhören sollte, sich zu drehen, du bist pünktlich um drei bei mir!«

Tyrann.

»Du wohnst in meinem Hotel. Uns trennen zwei Stockwerke, wo liegt dein Problem, Damian?«

Mein Problem? Eine längere Diskussion würde mein Kopf nicht mitmachen.

»Okay«, schnaubte ich und legte verärgert auf.

Meine Fresse! Musste er seine herrische Art gerade an einem Sonntag ausleben? Sonntag war der Tag der Ruhe. Der Tag des Herren. Der Tag, an dem ich ausschlief, den Kater der letzten Party auskurierte und mir den Geruch nach »frisch gevögelt« vom Körper wusch.

Das Taxi hielt am Eingang des Hotelkomplexes. Ein Page öffnete mir die Taxitür.

»Guten Morgen, Herr Dennert«, gab er widerlich fröhlich von sich. Ich streckte dem Taxifahrer die genannte Summe entgegen – mit großzügigem Trinkgeld, falls er eine Geliebte hier und Frau und Kinder in Polen hatte.

»Guten Morgen.« Ich räusperte mich und stieg aus.

Es gelang mir, unbemerkt in meiner Suite zu verschwinden. Frisch geduscht warf ich mich kurz darauf auf das Bett und schlief sofort ein. Der Tag konnte ja nur besser werden …

Kapitel 2 ৩৯ Catherina

Neue Zukunft

Eine mir unbekannte Nummer erschien auf dem Display meines Handys. Ich stand gerade auf dem Laufband – an meinem ersten freien Sonntag seit ewigen Zeiten. Bitte lass es nicht die Arbeit sein, hoffte ich inständig. Noch völlig außer Atem, aktivierte ich den Lautsprecher, da sich außer mir kaum Leute in dem Raum befanden. Eine tiefe Stimme meldete sich.

»Frau Sanz?«

»Ja?«, japste ich.

»Entschuldigen Sie, Frau Sanz«, hörte ich wieder die mir gänzlich unbekannte Stimme. »Henry Dennert hier.« Stille.

Beinahe wäre ich rückwärts vom Laufband gerollt, hätte ich mich nicht an einem der seitlichen Griffe festgehalten.

»Mir ist klar, dass ich Sie an Ihrem freien Tag störe, doch es gibt da etwas, was wir miteinander besprechen müssten.«

Besprechen? Mein Chef und ich? Der Chef, den ich nur von Bildern her kannte? Wieso? Dafür hatte er doch zweihundert Angestellte, die als Vermittler zwischen ihm und uns, den normalen Angestellten, fungierten. Und das, wohl gemerkt, nur für dieses eine Hotel …

Ich arbeitete gern für das Hotel Aqua-Marin. Mein Bereich war die neue Sparte Kinderanimation: Ich passte auf die Kinder auf, während ihre Eltern Urlaub machten. Im Moment war ich für drei feste Mitarbeiter verantwortlich, saisonbedingt konnten es sogar bis zu zwanzig Mitarbeiter werden. Mein Job war sehr gut bezahlt, dafür arbeitete ich auch fünf Tage die Woche jeweils von 9 Uhr morgens bis 20 Uhr abends.

Eigentlich war ich völlig überqualifiziert für diesen Job, selbst die vier Fremdsprachen, die ich perfekt beherrschte, hatten mich nicht davor gerettet, in einem Kinderparadies zu landen. Da ich allerdings stark an meine Umgebung gebunden war und vernünftiges Geld verdienen musste, hatte ich mich damals dennoch für diese Stelle entschieden.

Vor einer Woche hatte ich mich dann endlich getraut, eine schriftliche Bewerbung als F&B Assistent Manager/in in unserer Personalabteilung abzugeben. Ob Herr Dennert deswegen anrief?

Mein Chef unterbrach meinen Gedankengang.

»Meine Sekretärin sagte schon, dass sie nicht sicher sei, ob ich Sie jetzt erreichen würde. Glück gehabt«, hörte ich ihn mit inzwischen weicherer Stimme fortfahren.

»Ähm, ja«, stotterte ich.

Reiß dich zusammen, Cat!

Doch das war leichter gesagt als getan, wenn man einen der reichsten Männer der Welt am Hörer hatte, der zwanzig der edelsten Hotels weltweit besaß. Ich stellte das Laufband ab und versuchte, mit wackeligen Beinen wieder einen festen Stand zu bekommen, um mich auf das Telefonat zu konzentrieren.

»Herr Dennert, wie kann ich Ihnen helfen?«, brachte ich einen halbwegs vernünftigen Satz zustande.

»Ich weiß, es ist kurzfristig, aber könnten Sie in einer Stunde in meinem Büro sein? Wie ich bereits erwähnte, gibt es da etwas, über das ich gerne mit Ihnen sprechen würde.«

Er hatte meine Bewerbung also bekommen! Ich vermied es, auf der Stelle zu tanzen und laut loszubrüllen.

Moment – in einer Stunde? Unmöglich, ich war am anderen Ende der Stadt, in Joggingsachen, total verschwitzt! Und ausgerechnet heute hatte ich keine Wechselsachen dabei. Die Fahrt zum Hotel dauerte gute vierzig Minuten, weshalb ich es auf keinen Fall vorher nach Hause schaffen würde, um mich zu duschen und umzuziehen. Mist, Mist, Mist!

Allerdings würde Herr Dennert mir wohl kaum einen anderen Termin bewilligen, da es anscheinend dringend war. Was würde er von mir denken, wenn ich so … Mein Blick glitt an meinem Körper hinunter. Ich beschloss, ehrlich zu sein.

»Herr Dennert, ich kann es schaffen, pünktlich zu sein, wenn es Ihnen nichts ausmacht, dass ich in meinen Sportsachen zu Ihnen komme. Ich bin im Fitnessstudio und Sie erwischen mich gerade auf dem Laufband.«

Er räusperte sich kurz. »Leider gibt mir mein Terminkalender keine andere Möglichkeit, Frau Sanz.«

»Das verstehe ich«, antwortete ich und suchte bereits meine Sachen zusammen. Diese Chance durfte ich mir nicht entgehen lassen! »Ich beeile mich, damit ich Ihren Terminplan nicht durcheinanderbringe. In einer Stunde bin ich bei Ihnen, auf Wiederhören!«

»Danke, Frau Sanz, bis gleich.«

In der Straßenbahn schossen mir tausend Gedanken durch den Kopf. Wie dringend ich diese neue Stelle wollte! Endlich würde sich die ganze Mühe lohnen und das zusätzliche Geld könnten wir gut gebrauchen. Dieses Mal musste es klappen! Eine halbe Stunde Fahrzeit lag noch vor mir. Hoffentlich hatte die Straßenbahn heute keine Verspätung. Eine neue Zukunft wartete auf mich.

Kapitel 3 ☙ Damian

Zukunftsfördernde Maßnahme

Ich erwachte aus unruhigem Schlaf. Mein Mund war so trocken, als hätte ich Sand gefressen. Schnaubend griff ich zur Wasserflasche, die auf meinem Nachttisch stand, und trank sie in einem Zug leer. Es war kurz vor drei Uhr nachmittags. Keine gute Zeit zum Aufstehen, entschied ich, und drehte mich auf die Seite.

Stopp – da war doch noch irgendwas. Ein ungutes Gefühl machte sich in meinem Magen breit. Hunger. Ich ging mögliche Speisen durch und blieb bei einem Schinkenomelette hängen. Mühevoll tastete ich zum Telefon, um den Roomservice darüber zu informieren.

Moment mal …

»Fuck!«

Ich drehte mich zur Uhr. 14:58 Uhr. Das würde ich wohl nicht mehr pünktlich schaffen.

Ein tiefer Seufzer entfuhr mir. Um des lieben Friedens willen raffte ich mich auf und überlegte: Jogginganzug oder Businessanzug? Die Mischung macht's. Ich entschied mich für eine schwarze Stoffhose, ein weißes Designerhemd und weiße Turnschuhe. Ein Abstecher ins Bad und zwanzig Minuten später befand ich mich auf dem Weg in die Chefetage.

Pfeifend betrat ich das Büro der Chefsekretärin. Wie die letzten neunundzwanzig Jahre saß Elisabeth an ihrem Bürotisch und tippte wie wild auf ihrer Computertastatur herum. Sie trug ihr dunkelblondes, grau gesträhntes Haar zu einem ordentlichen Dutt, ihre Lesebrille saß exakt mittig auf ihrem Nasenrücken und ihr dunkelblaues Kostüm war wie immer tadellos.

Ich räusperte mich.

»Hallo, Elisabeth, schön dich zu sehen. Du siehst wie immer großartig aus.«

Die kleine Frau stand auf und kam auf mich zu.

»Mein lieber Junge, du bist über eine halbe Stunde zu spät!« Sie versuchte eine strenge Miene aufzusetzen, doch ihre Augen verrieten sie. Sie schaffte es nicht, böse auf mich zu sein.

»Ach, Elisabeth, du arbeitest zu viel! Komm her und lass dich drücken.« Ich umarmte sie und hob sie mit sanftem Schwung ein wenig in die Höhe. Kekse! Dieser Geruch nach Keksen, der an ihr haftete, erinnerte mich immer an zu Hause.

Mit einem Lächeln erwiderte sie meine Umarmung, gefolgt von einem Klopfen auf meine Schulter.

»Hättest du nicht pünktlich sein können? Dein Vater ist stinksauer, ich musste seine Termine umkoordinieren.«

»Beruhig dich, das Gespräch wird nicht lange dauern. Schließlich will ich dir keine Überstunden aufhalsen«, sagte ich und zwinkerte ihr zu.

»Wer es glaubt …« Sie setzte sich wieder an ihren Schreibtisch und tippte weiter.

Ich klopfte an die massive Eichentür und betrat das Büro meines Vaters.

Mit der Skyline im Rücken saß mein alter Herr an

einem eigens für ihn angefertigten Schreibtisch. Es hatte sich nichts verändert. Selbst die hässliche Vase, die meine Mutter ihm zum Hochzeitstag geschenkt hatte, stand an ihrem üblichen Platz. Eine rote Rose ragte aus dem abscheulichen Ding. Immer wenn der Blick meines Vaters auf die Rose fiele, solle er an meine Mutter denken, hatte sie einmal erklärt. Wie romantisch. Beinahe musste ich kotzen.

»Guten Morgen«, sagte ich und machte es mir auf einem Sessel vor seinem Tisch bequem.

Streng musterte er mich und ließ den Kugelschreiber sinken, mit dem er zuvor etwas notiert hatte. »Für ein ›Guten Morgen‹ ist es zu spät! Genau wie du zu spät bist!«

»Ich bin gerade aufgestanden und habe nicht einmal gefrühstückt. Wie wäre es …«

Er unterbrach mich, bevor ich ihm von meiner wunderbaren Idee mit dem Schinkenomelette erzählen konnte. Stattdessen fing er an, mir eine Predigt über Pünktlichkeit und Verantwortungsbewusstsein zu halten.

Bla, bla, bla …

Ich richtete mich auf, um seinem Redeschwall zu entkommen. Diese Rosenvase zog mich magisch an. Sentimentaler Quatsch! Ich nahm sie in die Hand und musterte sie.

»Hinstellen, sofort!«, hörte ich meinen Alten wütend sagen.

Schulterzuckend stellte ich sie ab. »Dieses Ding ist hässlich, es passt hier nicht her.«

Er fixierte mich mit seinem Blick. »Apropos passen«, sagte er. »Mir passt es auch nicht, den Kopf meines Sohnes auf der Titelseite der Morgenpost zu sehen.« Schnaubend schleuderte er mir eine Zeitung entgegen.

Tatsächlich. Ein Bild von mir mit einer Tussi, die mir über die Backe leckte. Die Überschrift lautete: »Reicher Erbe eines Weltkonzerns … Wann wirst du endlich erwachsen?«

Ich überflog den Artikel, der mich nicht gerade in ein gutes Licht rückte, und zuckte mit den Schultern.

»Und …?«

»Bis jetzt haben deine Mutter und ich dir sämtliche Freiheiten gelassen, doch damit ist jetzt Schluss!«

Er redete unaufhörlich weiter.

»Dein Studium ist beendet. Es wird Zeit für den praktischen Teil.«

Ich gab mich verständnisvoll: »Da hast du recht.« Aber, nicht jetzt.

Etwas Schalkhaftes funkelte in den Augen meines Vaters auf und ein Lächeln breitete sich über seine Lippen.

»Schön, mein Sohn.«

Ein ungutes Gefühl erfasste mich. Das musste der Hunger sein.

»Ein Konzern ist nur so stark wie sein schwächstes Glied. In unserem Fall die Kinderanimation. Nicht weil sie nicht funktioniert – im Gegenteil! Wir betreiben diese Sparte erst seit zwei Jahren aktiv, in dieser Zeit haben wir eine hohe Gewinnspanne erzielen können und ich bin mir sicher, dass sie durch deine aktive Mithilfe ein noch größerer Erfolg werden wird.«

Was redete er da von Glied und Animation?

Eigentlich keine schlechte Idee, mein Glied wollte auf alle Fälle mal wieder richtig animiert werden.

»Du meldest dich morgen um 9 Uhr morgens« – er betonte ›morgens‹ extra – »bei Catherina Sanz. Sie wird das kommende halbe Jahr an deiner Seite sein, um dir alles zu zeigen.«

»Bitte was?« Meine Kinnlade musste bis zu meinen Knien gefallen sein. Hatte mein Alter in der Nacht etwa einen Hirnschlag erlitten?

»Du machst Witze!«

Er stand auf und nahm mir gegenüber auf der Kante seines Schreibtisches Platz, dann verschränkte er die Arme vor der Brust und sprach ganz langsam, als ob ich ihn dadurch besser verstehen würde: »Damian, deine Schicht beginnt Morgen um 9 Uhr in der Kinderanimation. Um 8:45 Uhr meldest du dich umgezogen bei mir im Büro. Deine Schicht geht bis 20 Uhr und das fünf Tage die Woche; für einen befristeteten Zeitraum von sechs Monaten.«

Er klopfte mir auf die Schulter.

»Viel Glück, mein Junge.«

Er musste verrückt geworden sein!

»Und warum soll ich das tun? Warum soll ich mit *meinem* Lebenslauf den Clown für Kinder spielen, um die sich in ihrem Urlaub nicht einmal deren Eltern scheren?«

Mein Alter schüttelte nur den Kopf.

»Und was ist, wenn ich mich nicht zum Hanswurst mache?« Lächelnd verschränkte ich die Arme wie ein trotziger Teenager vor meiner Brust.

»Gesetzt den Fall, du handelst nicht nach meiner Anweisung«, sein Tonfall wurde gefährlich leise, »sperre ich deinen Zugang zu unserem Familienkonto. Das hieße, dein hoher Lebensstandard würde rapide sinken. Zudem würde ich dafür sorgen, dass du in der kompletten Hotel- und Gaststättenbranche nicht einmal mehr als Tellerwäscher einen Fuß in die Tür bekommen würdest. Und somit wäre dein ganzes Studium umsonst.«

Ein höhnisches Lachen entfuhr mir. »Du erpresst mich?«

Sein Grinsen wurde teuflisch.

»Sieh es einfach als zukunftsfördernde Maßnahme an.«

Was sollte ich dazu noch sagen? Ich hatte es schon immer gehasst, nach seiner Pfeife tanzen zu müssen, deshalb hatte ich auch das Langzeitstudium dem Dasein als Mustersohn zuhause vorgezogen. Verdammt! Jetzt hatte ich keine andere Möglichkeit mehr, mir waren die Hände gebunden. Verärgert drehte ich mich um und ging zur Tür.

»Morgen, 8:45 Uhr!«, hörte ich meinen Alten noch hinter mir herrufen, als ich die Tür mit einem lauten Knall ins Schloss warf. Der hatte sie doch nicht mehr alle! Ich ballte meine Hände zu Fäusten.

Elisabeth schaute mich verdutzt an.

»Das Gespräch verlief wohl nicht zu deiner Zufriedenheit.«

Ohne ein weiteres Wort verließ ich ihr Büro und stieg in den Aufzug. Ich musste hier raus. Raus, bevor ich irgendetwas oder irgendwen zusammenschlagen würde. Wütend stapfte ich durch die große Empfangshalle, sämtliche Blicke waren auf mich gerichtet.

Ich war es gewohnt, die Aufmerksamkeit auf mich zu ziehen. Vor allem die der Frauen. Alle Frauen wollten mich und alle Männer beneideten mich darum. Die Brünette am Empfang lächelte mich am penetrantesten an. Vielleicht sollte ich ihr das Lachen mal aus dem Gesicht vögeln? Irgendwann.

Die Sonne strahlte unerbittlich vom Himmel, die schwüle Luft legte sich wie Beton auf meine Lungen. Ich steckte mir eine Zigarette an und indem ich schwungvoll um die Ecke bog, hörte ich den Pagen hinter mir herrufen: »Auf Wiedersehen, Herr Dennert!« Ich drehte mich um, um dem Hotel meinen Mittelfinger zu zeigen.

»Umpfff!« Etwas prallte gegen meinen Brustkorb, ich verschluckte mich am Rauch und begann zu husten.

»Verdammt noch mal!«, fluchte ich und schaute in zwei braune, weit aufgerissene Augen, die entschuldigend zu mir emporblickten. Kulleraugen, von dichten, langen Wimpern umrahmt. Eine kleine Nase und schöne volle Lippen, die zu einem O geformt waren, rundeten dieses hübsche Gesicht ab. Die Haut der jungen Frau war sonnengebräunt, nur ihre Wangen schimmerten leicht rötlich, als ob sie bis eben noch gerannt wäre.

Ich bemerkte erst jetzt, dass ich wohl reflexartig ihre Oberarme festgehalten hatte, und spürte, wie schnell sich ihre Brust hob und senkte. Ihre langen braunen Haare waren zu einem ordentlichen Pferdeschwanz zusammengebunden, ihrer Kleidung nach zu urteilen, musste sie gerade vom Sport kommen. Eigentlich brauchte dieser perfekt geformte Körper keine weitere Trainingseinheit. Es sei denn, unter oder über mir, überlegte ich grinsend.

»Entschuldigen Sie bitte. Das war keine Absicht!«, gab sie schwer atmend von sich und blickte mir intensiv in die Augen.

Bingo.

»Aber Sie wissen schon, dass es sich nicht gehört, in der Öffentlichkeit zu fluchen. Außerdem will ich nicht als passive Mitraucherin einen frühen Tod erleiden«, fügte sie hinzu und blies mit einem tiefen Atemzug den Rauch meiner Zigarette weg, der ihr ins Gesicht wehte. Mein Schwanz zuckte bei dieser kleinen Blaseinlage.

Okay Babe, lass uns spielen! Mit einem süffisanten Lächeln nahm ich einen weiteren Zug von meiner Zigarette, hauchte ihn ihr provokativ ins Gesicht und setzte für die nächsten Worte meine Verführerstimme ein, die schon unzählige Frauen zum Schnurren gebracht hatte: »Du kannst mir gerne noch was anderes wegblasen … Das ist mit Sicherheit nicht gesundheitsschädlich.« Um das Maß vollzumachen, zwinkerte ihr zu.

Ihr Gesichtsausdruck wechselte von erschrocken zu selbstsicher.

»Ich bin eindeutig die Falsche für diesen Spaß, den zweifelsohne nur Sie daran hätten«, erwiderte sie. »Außerdem wäre ich Ihnen sehr verbunden, wenn Sie mich jetzt loslassen würden, denn ich habe es wirklich eilig!«

Ich schnippte meine Kippe auf den Boden und indem ich meine Hand wieder auf ihren Oberarm legte, blickte ich ihr noch einmal lange und tief in die Augen. Wahnsinn, ich hätte mich darin verlieren können. Eine wohlige Wärme breitete sich in meinen Händen aus, genau dort, wo ich ihre Haut berührte. Nach einigen Sekunden wich sie meinem Blick aus und sah zu dem brennenden Zigarettenstummel auf dem Asphalt. Sie kniff ihre Augen zusammen und bedachte mich mit einem zornigen Augenaufschlag. Bevor sie jetzt mit irgendeiner Umweltschutzscheiße anfangen würde, zog ich sie näher an mich heran. Mmmm.... Sie roch erstaunlich gut.

»Was, wenn ich dich nicht loslasse?«, wisperte ich, dabei streiften meine Lippen sanft ihre Ohrmuschel.

Shit! Darauf war ich nicht vorbereitet, denn sie biss sich auf die Unterlippe und für eine Millisekunde dachte ich, ich hätte sie so weit ...

»Dann verpasse ich Ihnen eine Ohrfeige, erst recht, wenn Sie nicht aufhören, mich zu belästigen.«

Ich und jemanden belästigen? Normalerweise belästigten die Frauen mich. Lächelnd ließ ich sie los.

»Ganz wie du willst, ma chérie«, flüsterte ich. Ein Lächeln erschien auf ihren vollen Lippen, während sich ein großes Fragezeichen auf ihrem Gesicht ausbreitete.

»Du bist zwar süß wie eine Kirsche, aber ich fürchte, man beißt sich einen Zahn an dir aus, wenn man zum Kern gelangen möchte. Danach wird man eine Menge Alkohol brauchen, um den Schmerz zu betäuben, den du hinterlassen hast. Und Schokolade gegen den Frust.«

Kopfschüttelnd wand sie sich aus meinen Armen, drehte sich um und ließ mich in der menschenleeren Seitenstraße stehen. Ich sah ihr nach, wie sie ihren sexy Arsch aus meiner Sichtweite entfernte. Doch plötzlich drehte sie sich noch einmal um und lachte mich an. Es war ein echtes Lachen, kein aufgesetztes. Diese Frau strahlte mit der Sonne um die Wette. Sie war der Hammer ...

Kapitel 4 ∽ Catherina

Ma Chérie

Diese dumme Straßenbahn hatte doch Verspätung. Verflixt! Rennen war angesagt. Ich hechtete die Treppe nach oben, dabei versuchte ich, nicht hinzufallen. Draußen warteten dreißig Grad im Schatten auf mich. Natürlich! Jetzt noch Schweißabdrücke unter den Achseln und der erste Eindruck wäre perfekt. So schnell ich konnte, lief ich eine Abkürzung zum Hotel.

Wie spät war es? Ich schaute schnell auf die Uhr und – bumm! – prallte ich gegen etwas, das sich wie ein Felsen anfühlte. Mist! Durch die Wucht des Aufpralls kippte ich nach hinten und verlor das Gleichgewicht. Große Hände bewahrten mich davor, auf dem Hintern zu landen. Wahnsinnig große Hände!

»Verdammt noch mal!«

Ich sah nach oben und vergaß zu atmen. Wow! Nein, Cat, keine Zeit! Atmen, entschuldigen, laufen.

»Entschuldigen Sie bitte, das war keine Absicht!«

Rauch stieg mir in die Nase und trieb mir Tränen in die Augen. Meine Nackenhärchen stellten sich auf, während mein Unfallgegner mich mit seinem Blick durchbohrte. Alarm! Ich musste schnellstens von diesem gut aussehenden Typen weg. Allerdings konnte ich mir einen Kommentar über das Fluchen in der Öffentlichkeit und das Rauchen nicht verkneifen. Außerdem hatte er mich gefälligst umgehend loszulassen – da blies mir aber dieser unverschämte Kerl eine weitere Rauchladung ins Gesicht und ließ mich kein bisschen los. Was erhoffte er sich davon? Ein feuchtes Höschen? Gutes Aussehen rechtfertigt arrogantes Benehmen auf keinen Fall.

Ich ließ meine Augenbrauen nach oben schnellen, als er seine Zigarette achtlos auf den Boden schnippte. Dann zog er mich an sich. Oh, oh … viel zu viel Körpernähe! Denken? Unmöglich.

Halt! Ich war verschwitzt. Ich hatte noch keine Zeit gehabt, meinen Achseln eine Portion Deo zu gönnen. Die Schamesröte stieg mir ins Gesicht und ließ meine Wangen glühen.

Und dann auch noch das: Seine Lippen streiften meine Ohrmuschel und erinnerten mich schmerzlich daran, wie lange ich schon keinen Sex mehr gehabt hatte. Er sah einfach zum Anbeißen aus. Dunkles, zerzaustes Haar, dazu ein Dreitagebart, der sein Gesicht maskuliner wirken ließ. Und diese blauen Augen! Herzlichen Glückwunsch, Gott! Ein Meisterwerk. Seine Präsenz war ein klares Zeichen seiner Selbstsicherheit. Er war die Schlange, ich das Kaninchen. Und ich hatte keine Chance. Sein Griff um meine Arme wurde fester und meine Beine mutierten zu Wackelpudding.

»Was, wenn ich dich nicht loslasse?«

Dann halt mich weiter fest!

Doch mein Mund, dieser miese Verräter, kam mir zuvor: »Dann verpasse ich Ihnen eine Ohrfeige, erst recht, wenn Sie nicht aufhören, mich zu belästigen.«

Nein! Am liebsten hätte ich mir selbst eine verpasst.

Er ließ mich los und ich fühlte eine komische Leere in

mir. Ich musste hier weg. Weg von ihm. Weg aus dieser Situation. Einfach nur weg.

Und dann war er da – der magische Moment, den man sonst nur aus Büchern kennt. Der Unbekannte hauchte mir zu: »Ganz wie du willst, ma chérie.«

Mein Körper fing an zu kribbeln. Ein Sonnenstich vielleicht? Es erschien mir kitschig, aber die Art und Weise, wie er diese Worte sagte, jagte mir eine Gänsehaut über den Rücken. Danach sagte er noch etwas über Kirschen und Schmerzen und Alkohol, aber das bekam ich schon gar nicht mehr richtig mit. Meine Beine entschieden für mich und trugen mich die Straße entlang Richtung Hotel.

Im Gehen überlegte ich, ob ich ihm noch etwas zu sagen hätte. Doch in meinem Kopf war vollkommene Leere, ein großes Nichts. Immerhin, eins schaffte ich noch, bevor er aus meinem Leben verschwand und ich ihn nie wiedersehen würde: Ich schenkte ihm ein Lächeln.

Diese strahlend blauen Augen – ich würde sie vermutlich nie vergessen.

Pünktlich erreichte ich das Büro von Herrn Dennerts Sekretärin. Sie sah mich mit einem so mütterlichen Blick an, dass mir sogleich warm ums Herz wurde. Außerdem roch sie nach einer Backmischung für Kekse.

»Guten Tag, ich habe einen Termin mit Herrn Dennert. Catherina Sanz«, brachte ich bei dem kläglichen Versuch, meinen Puls in den Griff zu bekommen, hervor.

»Ah ja, Frau Sanz. Herr Dennert erwartet Sie bereits.«

Erschrocken fragte ich: »Bin ich zu spät?«

»Nein, pünktlich auf die Minute. Nur hat ein Termin vor Ihnen unseren Zeitplan etwas durcheinandergebracht. Gehen Sie rein, ich melde Sie an«, sagte sie freundlich und zeigte dabei auf eine große Holztür.

Ich atmete tief durch, klopfte und betrat den Raum. Alles hier wirkte männlich, streng, fast angsteinflößend auf mich. Große dunkle Möbel und ein eigenartig schwerer Geruch beherrschten den Raum. Da erblickte ich den einzigen Gegenstand, der hier so fehl am Platz war wie ich: eine wunderschöne, handgearbeitete Mingvase. Ich hörte, wie sich jemand räusperte. Erschrocken richtete ich meinen Blick auf den Mann, den ich bisher nur von Fotos kannte. Er stand hinter seinem Schreibtisch und taxierte mich. Zögerlich ging ich auf ihn zu und streckte ihm die Hand entgegen.

»Catherina Sanz, guten Tag, Herr Dennert.« Beschämt über mein Outfit versuchte ich, meine Stimme unter Kontrolle zu bringen.

Er ergriff meine Hand. »Es freut mich, Ihre Bekanntschaft zu machen, Frau Sanz. Nehmen Sie doch bitte Platz.«

Sein Blick wanderte zu einem braunen Sessel, der vor seinem Schreibtisch stand. Ich befolgte seine stille Anweisung.

»Frau Sanz, wie Sie sicherlich wissen, ist die Stelle als F&B Assistent Manager bei uns ausgeschrieben.«

Ja! Ja! Ja! Und wie ich das wusste! Ein Lächeln huschte über mein Gesicht. Ich räusperte mich.

»Ja, das ist mir bekannt«, antwortete ich und versuchte so teilnahmslos wie möglich zu klingen.

Herr Dennert setzte sich ebenfalls und ich wartete und wartete, bis er einige Dokumente auf seinem Schreibtisch unterschrieben hatte.

Am liebsten hätte ich mit den Füßen auf den Boden gestampft und ihn angefleht, er solle doch endlich weitersprechen.

»Es geht um meinen Sohn Damian«, ließ er sich dann vernehmen.

Was?

»Es ist Zeit für den praktischen Teil.«

Herr Dennert erklärte mir sein Vorhaben und ich merkte, wie mich die kalte Realität mit voller Wucht traf.

Kein besserer Job. Nicht mehr Geld. Kein größeres Büro. Nichts … Außer, dass ich für das kommende halbe Jahr Kindermädchen spielen sollte für einen, der zu guter Letzt meinen Job kassieren würde. Na Bravo!

Ein merkwürdiger Schwindel erfasste mich.

»Frau Sanz, alles in Ordnung mit Ihnen?«, hörte ich die besorgte Stimme meines Chefs. Nein, nichts war in Ordnung!

»Ja, alles bestens«, log ich.

»Haben Sie noch irgendwelche Fragen?«

Fragen? Oh ja: Warum bekomme ich diesen Job nicht? Warum muss ich der Babysitter für jemanden sein, der sein Leben nicht in den Griff bekommt?

»Warum ich?«, gab ich kleinlaut von mir und schloss die Augen.

»Weil ich Ihnen vertraue.« Er reichte mir einen Stapel Papiere. Es waren Marktanalysen. Auswertungen. Kundenbefragungen.

Seit meinem ersten Arbeitstag waren augenscheinlich Informationen über mich und meine Arbeit gesammelt worden. Akribisch, umfassend. Immerhin, alle waren durchweg positiv. So sah also das Vertrauen meines Chefs in mich aus: Jeder meiner Arbeitsschritte war detailliert aufgelistet worden.

»Damian braucht eine starke Hand, Frau Sanz, und ich glaube, Sie sind die Richtige für diese Aufgabe.«

Ich sah ein Schmunzeln über das Gesicht meines Gegenübers huschen.

»Ich weiß, dass Sie sich auch auf die Managerstelle beworben haben. Allerdings sollten wir einen Schritt nach dem anderen machen.«

Es blieb mir wohl nichts anderes übrig. Geknickt reichte ich meinem Boss die Hand.

»Einverstanden, aber ich kann Ihnen nicht versprechen, dass Ihr Plan Erfolg haben wird.«

Siegessicher ergriff er meine Hand, schüttelte sie für mein Empfinden zu fest und sagte: »Wir werden sehen, was die Zukunft für Sie bereithält.«

Mein Magen zog sich zusammen. Ich musste hier schnellstens raus, da blieb mein Blick an der Vase hängen.

»Entschuldigen Sie, Herr Dennert«, sagte ich und hatte plötzlich die Vase in der Hand. Ohne es zu wissen, stellte ich sie auf ihren gewohnten Platz zurück. »Die Vase kommt hier besser zur Geltung. Mit Sicherheit hat sie eine gewisse Bedeutung für Sie.« Ich drehte mich um und setzte meinen Weg zum Ausgang fort.

Ein Lachen ertönte hinter mir, gefolgt von einem »Ihr werdet gut miteinander auskommen.«

Den letzten Satz nahm ich kaum mehr wahr. Meine Zukunftspläne hatten sich innerhalb weniger Minuten in Rauch aufgelöst. Ich fühlte mich wie ein naives Schulmädchen.

Zuhause angekommen – ein Duschbad und zahlreiche Tränen später – klingelte es in meiner Sporttasche, die ich achtlos in den Flur geschleudert hatte. Isabelles Nummer erschien auf dem Display. Ihr Sensor für »meiner Freundin geht's schlecht« funktionierte einwandfrei. Wir kannten uns seit unserer Ausbildung, die wir gemeinsam in einem Luxushotel absolviert hatten. Mit den Jahren hatte sich eine wirklich gute Freundschaft zwischen uns entwickelt, denn ich war mir sicher, dass Gott uns als Zwillingspärchen vorgesehen hatte. Was Isabelles Männergeschmack und ihr vorlautes Mundwerk allerdings betraf, waren wir grundverschieden, da flogen immer mal wieder die Fetzen. Leider war sie vor einiger Zeit auf die Idee gekommen, sich zur Polizistin umschulen zu lassen. Und das ewig weit weg von mir. Was sie da geritten hatte – oder besser gesagt wer –, war mir schleierhaft.

»Dein Sensor funktioniert. Mir geht's nicht besonders gut«, begrüßte ich Isabelle.

»Ich habe es geahnt. Alles okay mit deiner Mutter? Oder ist irgendwas mit der Arbeit – und ich meine jetzt nicht das Hotel, Cat!«

Ich wusste, worauf sie anspielte, allerdings war ich nicht in der Stimmung für eine weitere Standpauke.

»Nein, meiner Mutter geht's wie immer. Sie weint viel, aber es war schon mal schlimmer. Bei der *Arbeit*, wie du es so nett formulierst, ist auch alles gut. Die Aufträge fliegen mir förmlich zu. Ich konnte schon wieder einen großen Teil abbezahlen.« Ein Seufzer entrang sich meiner Brust. »Wo es tatsächlich hakt, ist das Hotel.«

»Wieso? Hat dir eins von den Gören gegen das Schienbein getreten?«, witzelte sie.

Sie verstand nicht, warum ich mich für die Kinderanimation entschieden hatte.

»Nein, und hör auf, über Kinder zu reden, als wären sie alle nur Unfälle!

»Oha, wir sind aber schlecht gelaunt, meine Liebe. Was ist passiert?«

Ich drückte mit Daumen und Zeigefinger gegen meine Nasenwurzel, atmete kurz durch und dann erzählte ich Isa alles. Angefangen bei meiner Bewerbung bis hin zu dem Gespräch mit meinem Chef.

»Oh weh!«

Schon wieder sammelten sich Tränen in meinen Augen.

»Ja, das ist doch alles scheiße!«

»Das ist wirklich eine miese Situation«, hörte ich Isa sagen, ich glaubte sie dabei vor meinem geistigen Auge lächeln zu sehen. »Seit wann benutzt du eigentlich so derbe Ausdrücke? Muss ich etwa vorbeikommen und dir den Mund auswaschen?«

Mit einfachen Mitteln war es ihr mal wieder gelungen, meine Laune zu bessern. Ich grinste.

»Was willst du nun tun?«

Als ob ich das wüsste … »Ich werde mich meiner unfreiwillig auferlegten Bürde beugen. Was anderes bleibt mir nicht übrig.«

Ich konnte Isabelle denken hören.

»Junior hat keine Lust auf die verquere Idee seines Vaters, stimmt's?«

»Keine Ahnung! Es ist mir auch scheißegal«, gab ich genervt zurück und erschrak selbst vor meiner Wortwahl.

»Spiel das Spiel: Wie werde ich ihn am schnellsten los«, schlug Isabelle vor.

»Wie meinst du das?«, wollte ich wissen. Vom anderen Ende der Leitung war ein ungeduldiges Schnauben zu hören.

»Sitzt du gerade auf der Leitung, Cat? Ekel ihn raus! Natürlich auf eine charmante Art und Weise.«

Ich dachte über Isabelles Vorschlag nach. »Ich kann so was nicht.«

»Dann musst du es lernen.«

Ich streckte Isabelle die Zunge raus.

»Bist du nicht die Kämpferin für Recht und Ordnung?« Isabelles Lachen schallte durch den Hörer. »Wir sind hier doch in keinem Hollywood-Film. Es zählt nur das Wohl des Einzelnen.«

Darauf konnte ich nichts erwidern.

»Okay, meine Liebe. Lass es dir noch mal durch den Kopf gehen und halte mich auf dem Laufenden. Ich muss los, meine Verabredung wartet«, kicherte sie.

»Du und dein Männerverschleiß, hört das irgendwann mal auf?«, neckte ich sie.

Ein Blick auf die Uhr signalisierte mir in diesem Moment, dass ich mich auch fertig machen musste. Unsere Kunden warteten nicht gerne. Ein tadelloses Aussehen war Pflicht und das würde jetzt ein paar Stunden in Anspruch nehmen.

»He, das Leben ist kurz. Ich koste es nur aus, und bei dem Mann, bei dem es mir am besten schmeckt, bleibe ich vielleicht … eines Tages.«

»Natürlich, und ich hoffe inständig für die Männerwelt, dass du diesen Mann bald findest!«

Sie lachte: »Bye, Süße, wir hören uns!«

»Mach's gut und pass auf dich auf!«

»Logisch, das Erste, was ich bei der Polizei gelernt habe, war Selbstverteidigung!«

Ein Klicken ertönte. Jetzt hatte ich genug Zeit, um mich für meinen Kunden schick zu machen und über Isabelles Vorschlag nachzudenken.

Kapitel 5 ✍ Damian

Die drei F.

Ein tiefes Brummen kam aus meiner Kehle bei dem lausigen Versuch, meine Augen zu öffnen.

Der Geschmack von Whiskey klebte auf meiner Zunge. Mein Kopf – ein Minenfeld. Scheiß Kater! Dann tauchten all die Erinnerungsfetzen an den vergangenen Tag auf: Mein Vater und seine Ankündigung, wie er mein Leben ruinieren wollte. Das Lachen der Unbekannten. Und die drei F.: Fun, Fuck, Forget.

Fun – eine Flasche Whiskey.

Fuck – willige, gut aussehende Frauen, die nicht gleich einen Ehering erwarteten.

Forget – erklärt sich von selbst.

Ich hatte mein Telefonverzeichnis nach dem Gespräch mit meinem Alten durchforstet: Anne – nein. Alice – nein. Amelie – nein. Ich scrollte weiter zu B.

Bärbel, Beatrix, Betty – wer war überhaupt Betty? Bettina – ein Lied mit Brüsten fiel mir ein.

Dann stieß ich auf Eva.

Bingo!

Sie meldete sich beim zweiten Klingeln.

»Damian! Schön, von dir zu hören! Nachdem ich dir so viele Nachrichten geschickt habe, dachte ich schon, du würdest dich gar nicht mehr melden.«

Wieso sollte es dir anders ergehen als all den anderen?

»Hallo, Babe! Schön, deine Stimme zu hören.« Eine

furchtbare Stimme, die mir gehörig auf den Sack ging.

Sei nett Damian, ermahnte ich mich, schließlich geht es hier auch um deinen Sack!

»Ich bin ein viel beschäftigter Mann. Es tut mir leid, wenn ich dich vernachlässigt habe. Aber ich habe dich nie vergessen.«

Ganz ehrlich: Ich hatte in Wahrheit keinen Schimmer, wer sie eigentlich war.

Doch sie schnurrte bereits am anderen Ende: »Was kann ich denn für dich tun?«

Ich werde dich vögeln und dann vergessen.

Laut sagte ich: »Ich bekomme dich nicht mehr aus meinem Kopf. Irgendwie fehlst du mir.«

»Wirklich?«

Dumm, naiv – was will Mann mehr?

»Natürlich, Babe …«

Ich brauchte dringend Ablenkung und sie willigte ein, also machte ich mich auf den Weg zu ihr.

Kurz nachdem ich geklingelt hatte, sprang die Tür auf und eine große Brünette stand vor mir. Ich kannte sie gar nicht! Immerhin, sie war nicht hässlich. Für meinen Geschmack trug sie etwas zu viel Make-up und ihr Parfüm stank nach Vanille. Kopfschmerzen waren also vorprogrammiert. Sie trug ein weißes Negligé, welches ihre Kurven toll zur Geltung brachte. Ich lehnte mich lässig gegen den Türrahmen und hielt eine Flasche Whiskey hoch.

»Ich habe uns was mitgebracht, Babe.«

Angewidert rümpfte sie die Nase. »Ich trinke keinen Schnaps … höchstens Champagner.«

Natürlich, was auch sonst?

»Umso besser, Liebes, dann bleibt mehr für mich«, sagte ich desinteressiert und schob mich an ihr vorbei in die Wohnung.

Diese Frau zählte eindeutig zu Kategorie eins: Champagner süffelndes Weib, das sich gern für was Besseres hält. Kategorie zwei war: Biertrinkerin, die auf Kumpeltyp macht. Kategorie drei: Traumfrau. Alexandra, schoss es mir durch den Kopf.

In welche Kategorie würde ich wohl die kleine, unverschämte Brünette vom Nachmittag einordnen?

Diese Elsa-Elke-Irgendwer schnippte mit ihren Fingern vor meinem Gesicht herum und holte mich in die Gegenwart zurück.

Ich ließ mich auf eine weiße Couch fallen, genehmigte mir einen Schluck Whiskey und sah mich in der Wohnung um. Die Einrichtung war geradezu steril. Krankenhausatmosphäre.

Ein Bücherregal, das als Ablagefläche für Krimskrams diente, verriet mir alles über diese Frau. Klar, warum auch Unwichtiges wie Literatur dort hinstellen?

»Findest du nicht, dass ich eine Entschuldigung verdient habe?«

Schau an: dumm, naiv *und* witzig …

»Komm her«, sagte ich und ließ sie rittlings auf meinem Schoß Platz nehmen. Mit meiner Hand fuhr ich durch ihre langen braunen Haare und sogleich hüpfte mir ihre kleine Brust entgegen.

»Du trägst keinen Schlüpfer.«

Sie errötete und biss sich auf die Unterlippe.

»Ich dachte, ich lasse ihn vorsichtshalber weg. Das letzte Mal …«

Oh bitte, jetzt bloß kein Geschwafel! Mein Zeigefinger legte sich auf ihren Mund.

»Schschsch … Das Denken solltest du sein lassen. Handle lieber …«

Selbstsicher trafen ihre Lippen auf meine. Sie gab ein leises Seufzen von sich, als sie anfing, mit meiner Zunge zu spielen. Sie schmeckte nach Kaffee und Minze und sie wusste mit ihrer Zunge umzugehen. Ein weiterer Pluspunkt. Ihre schnellen Finger öffneten mein Hemd. Sie strich über meinen nackten Oberkörper und entlockte mir ein zufriedenes Schnauben. Währenddessen rieb sie ihren Unterleib an meinem Schwanz. Ich löste mich von dem Kuss und fuhr mit dem Zeigefinger zwischen ihren Brüsten entlang. Ihre Nippel richteten sich augenblicklich auf. Sie krallte sich in meine Oberschenkel und warf ihren Kopf in den Nacken.

Das musste als Vorspiel genügen, schließlich war ich kein Samariter. Lässig befreite ich mich von meiner Hose und entblößte meinen Schwanz.

»Da müssen wir aber noch dran arbeiten«, wisperte sie.

Wir? Du! Danke für deine Einschätzung. Weißt du, was die Wahrheit ist? Du bist nicht geil genug! Nach dieser dämlichen Äußerung würde es reichen, wenn sie mir einen blasen würde.

Aber Frauen vertrugen Ehrlichkeit manchmal nicht, also säuselte ich: »Babe, deine Lippen sind ein pures Aphrodisiakum. Könntest du mir aus dieser Misere raushelfen?«

Ein Lächeln trat auf ihr Gesicht.

Das war ja einfach.

Ihr Mund schloss sich fest um meinen Schaft. Ich versuchte mich zu entspannen. Alles auszublenden. Meine Hand führte ihren Kopf kontinuierlich nach oben und unten.

Sie tat ihr Bestes, aber aus einem unerfindlichen Grund regte sich nichts bei mir.

Spitze! Potenzprobleme, das hatte mir gerade noch gefehlt in meiner beschissenen Situation.

Jacky musste helfen!

Ich setzte die Flasche an und trank und trank.

»Das ist jetzt nicht dein Ernst, oder?«, sagte sie, als sie bemerkte, was ich tat.

»Du wirst sehen, es ist nur förderlich!«, gab ich genervt zurück und positionierte ihren Kopf wieder über meinem Schwanz.

Sie wand sich, saugte, leckte und massierte mir die Hoden. Braves Mädchen! Anscheinend gab sie sich selbst die Schuld daran, dass sich bei mir nichts regte. Mein Kopf sank gegen die Lehne. Meine Augen schlossen sich und ein Stöhnen entfuhr mir, um sie zu ermutigen. Ich hing meinen Gedanken nach …

Braune Kulleraugen. Weiche, verschwitzte Haut. Dieser wunderbare Geruch. Ihr Lachen! Würde sie auch lachen, wenn sie's mir oral besorgen würde? Ich hörte die Kleine unter mir nuscheln. Missmutig öffnete ich die Augen und – blickte in blaue Augen. Mein Kopfkino war dahin.

Fuck!

Siegessicher lächelte die Brünette, als sich mein Schwanz in seiner vollen Größe präsentierte.

Sie wollte sich wieder rittlings auf mich setzen, doch das ließ ich nicht zu. Mit einer schnellen Drehung setzte ich sie mit ihrem Rücken zu mir. Erschrocken über den plötzlichen Stellungswechsel gab sie einen kehligen Laut von sich.

»So willst du mich?«

Von wollen konnte hier an sich keine Rede sein, aber sei's drum. Ich ließ sie die Größe meines Schwanzes spüren, was ihr ein lautes Stöhnen entrang.

»Oh Gott, Damian!«

Ja Babe, ich weiß, er ist der Hammer. Sie öffnete ihren Pferdeschwanz, den sie sich vor dem Blasen gebunden hatte, sodass sich die Haare um ihre Schultern legten, und lehnte sich gegen meine Brust. Was sollte das denn jetzt? Ich war kein Mann für Kuscheleinheiten. Entschlossen ergriff ich ihre Brüste und befreite ihre Nippel von dem überflüssigen Stoff. Mit den Fingerspitzen spielte ich an ihren Knospen, was sie dazu bewegte, ihren Arsch noch kräftiger gegen mich zu pressen.

Stöhnend wand sie sich auf mir. Meine Hand glitt ihr Rückgrat hinunter bis zur Mitte ihres Rückens. Dann bog ich sie nach unten, sodass sie sich mit ihren Händen am Boden abstützen musste. Ein schönes Bild. Meine Stöße wurden schneller.

Einen Griff zur Whiskyflasche und einige Schlucke später festigte sich mein Griff um ihre Hüfte und – endlich – ergoss ich mich in das Kondom. Ich hatte nie ungeschützten Sex.

Einen langen Atemzug später entspannte ich mich

wieder. Wer auch immer den Whiskey erfunden hatte, er hatte meinen größten Respekt! Ja, Mann kann sich wirklich alles schönsaufen.

»Ich war noch nicht fertig!«, säuselte sie zwischen meinen Beinen.

Wen interessiert's?

»Ich schon, du kannst runter von mir.«

Verwirrt, die Arme vor der Brust verschränkt, stand sie auf und musterte mich. Ungeniert zog ich mich an.

»Und das war es jetzt?«

Schulterzuckend antwortete ich: »Wer zu spät kommt, den bestraft das Leben.«

Ihre Augen weiteten sich, bevor sie scharf die Luft einsog.

»Was willst du? Ein Danke?«

Ihr ständiges Tippeln mit dem Fuß raubte mir den letzten Nerv.

»Das wäre zumindest ein Anfang!«

Ich beugte mich zu ihr und küsste sie auf die Wange. »Danke, Ela!«

Ihr Gesichtsausdruck sprach Bände: »Ich heiße Eva, du Arschloch!«

Wie auch immer.

Das Gekeife nahm erst ein Ende, nachdem ich die Haustür hinter mir ins Schloss gezogen hatte.

Ohne Umwege führte mich mein Weg ins Hotelzimmer und direkt ins Bett. Das dritte F folgte: Forget!

Ein Hämmern riss mich aus meinen Gedanken an den letzten Abend. Zuerst dachte ich, es wären meine Kopfschmerzen, bis ich dahinterkam, dass es an meiner Tür klopfte.

Seufzend drehte ich mich auf die Seite und schob meinen Kopf unters Kissen. Dieses verdammte Klopfen hörte nicht auf! Eine dünne Frauenstimme gesellte sich dazu.

»Herr Dennert? Herr Dennert?«

Ich knurrte. Taumelnd stand ich auf und schlang mir ein weißes Handtuch um die Hüften. Dieses Klopfen brachte mich um den Verstand. Wütend riss ich die Tür auf. Vor mir stand ein kleines, süßes, verängstigtes Zimmermädchen. Hmmm … Was sich wohl unter ihrer Schürze befand? Ihr Blick blieb an meinem viel zu tief befestigten Handtuch hängen. Sie errötete und schloss ihre Finger fester um den Kleidersack, den sie wie einen Schutzschild vor sich hielt. Ich verschränkte die Arme vor der Brust und lehnte mich lässig gegen den Türrahmen. Ihre Verlegenheit ließ sie kindlich wirken, obwohl sie sicherlich Mitte zwanzig war.

»Ähm, entschuldigen Sie, Herr Dennert. Ich habe nur den Auftrag bekommen, Ihnen das hier zu bringen«, wisperte sie.

Ich zog eine Augenbraue hoch und schenkte ihr ein anzügliches Lächeln.

Ihr Blick war nun starr auf meine Brust gerichtet, weshalb ich es mir nicht nehmen ließ, mit meinem Brustmuskel zu spielen. Beinahe bekam ich ein schlechtes Gewissen, da ihr Gesicht jetzt einer reifen Tomate glich.

»Ich nehme an, Sie bringen mir kein Schinkenomelette?«

»Ähm, nein, Herr Dennert. Ihre Arbeitsuniform.«

»Wie spät ist es?« Ob ich noch Zeit für ein Schäferstündchen mit ihr hätte?

»Es ist jetzt, 8:30 Uhr, Herr Dennert.«

Fuck!

Ich riss ihr den Kleidersack aus den Händen und warf einen Blick auf ihr Namensschild. Nur für alle Fälle.

»Danke, Josi!«, sagte ich und zwinkerte ihr zu.

»Ähm, ja bitte, nichts zu danken, Herr Dennert.«

Ich schloss die Tür und begab mich ins Schlafzimmer. An ihren »Ähms« müssten wir noch arbeiten, überlegte ich, aber sie hatte Potenzial. Ich leerte den Kleidersack und betrachtete meine Arbeitsuniform.

Das konnte doch unmöglich sein Ernst sein!

Wütend betrat ich eine halbe Stunde später das Büro meines Alten.

Er saß hinter seinem Schreibtisch und deutete mir, ohne aufzublicken, mit der erhobenen Hand an zu warten. Mit einem Knall schloss ich die Tür und trat näher an seinen Tisch. Immer noch den Blick auf irgendwelche wichtigen Papiere gerichtet, knurrte er: »Du bist zu spät, Damian!«

»Das liegt daran, dass ich eine Ewigkeit gebraucht habe, um meine Eier in diese winzigen Shorts zu quetschen.«

Er lächelte.

»Glaub mir, mein Sohn, das Letzte, wofür ich mich interessiere, sind deine Eier!«

Mit den Händen in den Hosentaschen trat ich unbehaglich auf der Stelle hin und her. Die Shorts quetschten mir die Weichteile ab. Keine Ahnung, ob diese Region überhaupt noch durchblutet wurde.

»Du legst wohl keinen Wert auf Enkelkinder?«

Ernst entgegnete er: »Damian, wenn du dich selbst um die Beschaffung deiner Dienstkleidung gekümmert hättest, hättest du dir jetzt keine Gedanken um deine Eier machen müssen.«

Woher sollte ich das wissen?

»Dein Zeugungsapparat wird schon keinen ernsthaften Schaden davontragen. Dein Arbeitsbeginn war vor fünfzehn Minuten. Frau Sanz erwartet dich in der Fitnesshalle.«

Ich seufzte tief. »Bye, bye, Enkelchen!«

»Das Risiko gehe ich ein«, sagte mein Alter ruhig und machte eine ausladende Geste zur Tür.

Ich musste dringend eine rauchen.

Etliche Zigaretten später hatte ich einen Plan entwickelt: Frau Sanz, es tut mir leid, aber Sie werden sich unsterblich in mich verlieben.

Es war mir egal, wie alt sie war oder wie sie aussah. Sie würde alles für mich tun und zu guter Letzt meinen Alten überzeugen, mich frühzeitig aus dieser Scheiße zu entlassen. Ein perfekter Plan!

Es war zehn Uhr, als ich die Fitnesshalle betrat. Musik und lautes Kindergeschrei empfingen mich. Ich lehnte mich gegen den Türrahmen und war gebannt von der Aussicht – der Aussicht auf einen perfekten Arsch, der direkt vor mir in die Höhe ragte. Durchtrainierte schlanke Beine, die sich daran anschlossen, machten den

Anblick perfekt. Um diesen göttlichen Hintern hatte sich ein Kreis aus Kindern und einer älteren Frau gebildet. Alle vollzogen die gleiche Übung.

Bitte lass das Gesicht zu dem Arsch passen! Die ältere Frau – sie musste etwa Mitte vierzig sein – richtete sich auf, als sie mich erblickte. Aha, Frau Sanz. Das Lied endete, die anderen richteten sich ebenfalls auf und klatschen in die Hände, um sich selbst Beifall zu spenden. Noch immer sah ich nur die Rückansicht von Mrs Arsch. Ich räusperte mich. Sie drehte sich um.

Verdammt!

Da stand sie! Ich hätte sie unter Tausenden wiedererkannt: Ma Chérie! Ma Chérie war also Mrs Arsch? Wie geil!

Sie lächelte. Ein Lächeln, das ich nicht vergessen konnte, selbst dann nicht, als mein Schwanz im Mund einer anderen steckte. Unsere Blicke trafen sich.

»Wer bist du denn?«, wollte eine Göre aus dem Kreis wissen.

Der Moment war vorbei. Ma chérie sah mich mittlerweile an, als wäre sie von einem Lastwagen überrollt worden. Erst jetzt bemerkte ich, dass sie unsere Hoteluniform trug. So, so, das würde noch interessant werden.

Ich machte mich auf den Weg zu der älteren Frau, die wie versteinert stand. Sie wirkte verlegen, als ich mich vor ihr aufbaute. Ich gab ihr einen Handkuss. Bei älteren Frauen zog das immer.

»Frau Sanz, entschuldigen Sie bitte meine Verspätung.« Sie reagierte nicht. »Damian Dennert, wir werden in

Zukunft viel Zeit miteinander verbringen.« Hoffentlich auch mit der Kleinen hinter mir.

Ein vielstimmiges »Iiiihh!« und »Pfui!« ertönte. Die Jungs machten würgende Geräusche, die Mädels schmachteten mich an, als wäre ich ein Prinz aus ihren Märchenbüchern. Ein lautes Klatschen riss mich aus meinen Gedanken.

»So, jetzt beruhigen wir uns wieder. Alle Kinder setzen sich in einen Kreis für unser Abschlusslied.«

Ich ließ die Hand der Frau los und schaute über die Schulter. Ein Grinsen spielte um Ma Chéries Lippen, als sie ihre Arme vor der Brust verschränkte und eine Augenbraue nach oben zog.

»Maria, gefallen dir die Avancen unseres Juniorchefs?«

Die ältere Frau war purpurrot angelaufen und richtete ihren Blick starr auf den Boden.

»Entschuldige, Maria! Ich wollte dich nicht in Verlegenheit bringen!«, sagte Ma Chérie. Ihre Stimme triefte vor Sarkasmus. »Herr Dennert, wie schön, dass Sie uns mit Ihrer Anwesenheit beglücken! Sie haben sich geschickt vor Ihrer ersten Turnstunde gedrückt.« Sie kam auf mich zu.

Ich war verwirrt. Die Bewegungen ihrer makellos geformten Hüfte machten mir das Denken unmöglich. Dann streckte sie mir ihre kleine Hand entgegen.

»Catherina Sanz. Wir zwei sind es, die in Zukunft viel Zeit miteinander verbringen werden.«

Perfekt!

Kapitel ❧ 6 Catherina

Untersext

Bartstoppel kitzelten mich, eine flinke Zunge streifte über meinen Hals Richtung Ohrmuschel. Meine Brustwarzen richteten sich freudig auf und ein wohliger Schauer lief mir über den Rücken. Ich bäumte mich auf. Mein Körper, der sein Gegenüber suchte, bebte vor Verlangen. Starke Arme drückten mich in die Matratze. Mein Keuchen wurde lauter, als ich etwas zwischen meinen Beinen spürte. Lust erfasste jede einzelne Faser meines Körpers und ich erschauerte bei den Worten: »Entspann dich und genieße es.«

Ungeduldig reckte ich ihm mein Becken entgegen in der Hoffnung, mich an ihm reiben zu können. Er entzog sich mir und glitt mit seinem muskulösen Körper zwischen meine Beine. Mit seinen großen Händen umfasste er meine Schenkel und spreizte sie. Ich widerstand dem Drang, meine Klitoris gegen seine Zunge zu pressen. Ahh! Mein Wunsch wurde erhört. Seine Zunge stieß auf meine Perle, umkreise sie, spielte mit ihr. Jetzt bloß nicht hyperventilieren! Atme Cat, atme!

Meine Finger krallten sich in sein dunkles Haar und zerzausten es. Ich wollte ihn küssen! Er ergriff meine Handgelenke und drückte sie seitlich neben meinem Körper in die Matratze. Ein Stöhnen entfuhr mir, als er anfing, an meinem Kitzler zu saugen. Lecken, saugen, kneifen. Das war die Kombination, die mich um den Verstand brachte. In mir baute sich eine Welle von Glückshormonen auf, die ich nicht mehr unter Kontrolle hatte. Mein Körper bebte, während ich den über mich hereinbrechenden Orgasmus spürte. Ich wimmerte, stöhnte, war nicht mehr Herr meiner Sinne. Ich spürte sein Lachen, als er zu seinem letzten Zungenschlag ansetzte und ich in tausend Teile zersprang. Meine Muskeln zuckten unkontrolliert. Ich versuchte, mich von ihm zu lösen, doch die Schwere seines Körpers, der über mir war, machte ein Entkommen unmöglich. Ich öffnete die Augen und sah in das Gesicht des Mannes, der mir diesen Höhepunkt verschafft hatte. Seine blauen Augen durchbohrten mich.

Oh mein Gott!

Wie von der Tarantel gestochen schnellte mein Körper nach oben. Es dauerte einen Moment, bis ich begriff – ein Traum! Ich war allein. Mein Unterleib pochte und eine Schweißperle lief zwischen meinen Brüsten nach unten. Argh! Hatte ich den Orgasmus geträumt oder mich im Traum selbstbefriedigt? Es dauerte, bis sich mein Atem wieder normalisiert hatte. Ich litt einfach unter chronischem Sexmangel. Genau, ich war hoffnungslos untersext! Es musste schnellstmöglich ein echter Kerl zwischen meine Beine.

Kopfschüttelnd schwang ich mich aus dem Bett. Eine kalte Dusche würde mir einen klaren Kopf bescheren.

An sich war ich immer pünktlich. Überpünktlich! Aber ausgerechnet heute schaffte ich es, mich zu verspäten. Völlig außer Atem kam ich bei der Animation an. Seitenstiche! Gewaltsam kniffen sie in meine Rippen. Maria, eine meiner liebsten Kolleginnen, stand bereits mit einer Horde Kinder an der Tür und lachte mir entgegen. Maria war zweiundvierzig Jahre alt. Sie war verheiratet und hatte selbst zwei Kinder, weshalb sie vermutlich immer ruhig und ausgeglichen war. Manchmal zu ruhig, sie sprach kaum, zumindest nicht mit Erwachsenen. Meistens antwortete sie nur mit »Ja« oder »Nein«.

»Entschuldige«, atmen, »Maria«, atmen. Seit zwei Jahren war ich ihre Chefin.

Sie schenkte mir ein »Kein Problem!« und ein Lächeln. Wir machten Fortschritte.

Montag-Morgen-Sport stand auf dem Programm. Es waren viele Kinder angemeldet – ein anstrengender Vormittag stand uns bevor.

Ich sah mich um. Einer fehlte.

»Hat sich Herr Dennert schon vorgestellt?«

Kopfschütteln.

Vielleicht würde mir das Rausekeln doch nicht so schwerfallen? Ich hasste Unpünktlichkeit!

Die Kids beim Turnen bei Laune zu halten, war kraftraubend. Wir gaben uns die größte Mühe.

Endlich neigte sich die Turnstunde dem Ende zu und vom Juniorchef noch immer weit und breit keine Spur. Meine Wut steigerte sich. Da hörte ich ein Räuspern hinter mir. Ich drehte mich um und erstarrte. Das war er. ER! Und er taxierte mich genau wie in meinem Traum. Seine Selbstsicherheit durchflutete den Raum und ließ die große Halle winzig wirken. Auch ihm stand die Überraschung ins Gesicht geschrieben. In was für ein Gesicht! Die dunklen zerzausten Haare standen ihm in alle Richtungen vom Kopf, er war zwei Köpfe größer als ich, durchtrainiert und sein Viertagebart setzte dem Ganzen ein Krönchen auf. Sein Mund war leicht geöffnet – wie heute Morgen, als er … Meine Wangen begannen zu glühen.

Ein Kreischen holte mich in die Realität zurück. Er ging zu Maria und küsste ihre Hand. Was sollte das? Was tat er hier? Wer war er? Ich war in der Regel nicht begriffsstutzig, aber nun arbeitete mein Gehirn auf Hochtouren.

Zack! Wie ein Blitz traf mich die Erkenntnis, dass dieser Typ kein Geringerer war als Damian Dennert. Mir wurde schlecht. Ich sollte mit IHM zusammenarbeiten? Wie sollte das funktionieren, wenn mein erster Gedanke war: »Sex! Sofort!«, sobald ich ihn sah? Nein, Cat! Sammel dich und schaff klare Verhältnisse.

»So, jetzt beruhigen wir uns wieder. Alle Kinder setzen sich in einen Kreis für unser Abschlusslied.«

Das wäre ja noch schöner. Erst zu spät kommen und dann auch noch die Turnstunde sprengen. Ich verschränkte die Arme vor der Brust und zog eine Augenbraue hoch.

»Maria, gefallen dir die Avancen unseres Juniorchefs?«, fragte ich süffisant. Im selben Moment tat mir die arme Maria leid, also entschuldigte ich mich schnell bei ihr und verpasste diesem Schnösel einen bissigen Kommentar. Dann ging ich auf ihn zu und streckte ihm die Hand entgegen, begrüßen musste ich ihn ja wohl.

»Unterstehen Sie sich, mir auch einen Handkuss aufzudrücken!«

Er packte mein Handgelenk, zog mich näher an sich heran und flüsterte mir ins Ohr: »Gib mir einen anderen Körperteil von dir, den ich küssen kann, und ich werde es tun.«

Ein Stromstoß traf mich zwischen meinen Beinen. Himmel, Schluss damit!

»Wie wäre es mit meinem Mittelfinger?«

Sein Lachen wurde breiter.

»Unanständige Gedanken während der Arbeitszeit, Frau Sanz?«

Bastard! »Wie kommen Sie auf diese absurde Idee?« Wieder durchbohrte mich sein Blick.

»Deine Brustwarzen verraten dich.«

Nein! Unter keinen Umständen würde ich jetzt nach unten blicken! Ihr miesen Verräter … Dringende Notiz: BH mit Einlagen kaufen!

Ich hielt seinem Blick stand.

»Wir nennen uns hier im Team beim Vornamen.« Wieder verschränkte ich die Arme vor der Brust. »Catherina. Und wie darf ich dich nennen? Arschloch?«

Ups! Das war mir einfach so herausgerutscht. Dieser Damian Dennert machte mich wahnsinnig, er ließ mich meine guten Umgangsformen vergessen.

»Sie hat Arschloch gesagt,« schallte es auch sogleich hinter mir.

So ein Mist! Augenblicklich ertönten tausend Kinderstimmen, die das schöne Wort in allen Variationen wiederholten. Selbst der Einjährige bekam ein lang gezogenes »Aaaschsch« heraus.

Ich schlug mir mit der flachen Hand gegen die Stirn

und hielt meine Augen bedeckt, um den Schmerz zu verringern, der sich in meinem Kopf ausbreitete. Maria versuchte die Situation in den Griff zu bekommen, indem sie die Kinder Richtung Ausgang beförderte.

Sie winkte mir zu.

»Ich bringe die Kids zurück zur Animation.«

Wow! Der längste Satz, den ich je von ihr gehört hatte. Nun waren wir allein.

»Willst du mich absichtlich in den Wahnsinn treiben?«

Er hob abwehrend die Hände vor die Brust. »Sorry, das war nicht meine Absicht!«

Ich schnaubte verächtlich, als er mir erneut seine Hand entgegenhielt. »Noch mal von vorne: Ich heiße Damian und freue mich auf unsere gemeinsame Zeit.«

Okay, Cat, sei professionell! Seine Hand war groß und warm. Mit seinem Daumen streichelte er über meinen Handrücken und mein Körper reagierte unmittelbar auf die Berührung.

Chronisch untersext!

»Catherina«, erwiderte ich und entriss ihm meine Hand. »Maria wird dir in der Animation weitere Anweisungen geben. Ich muss kurz ins Büro.« Und zwar ganz schnell, um meine Gedanken zu ordnen.

»Alles klar, Kitty!«

Abrupt blieb ich stehen. »Wie hast du mich genannt?«

»Kitty!« Er sah mich an, als wäre ich minderbemittelt. »Kitty-Katze-Catherina-Cat …«

Ich verstand nur noch Bahnhof. Meine Kopfschmerzen nahmen zu.

»Für dich immer noch Catherina!«

Sein Lachen schallte durch die Halle. Er trat an mich heran, nahm eine meiner Haarsträhnen zwischen seine Finger und spielte damit. Sein Parfüm stieg mir in die Nase. Warum musste er nur so gut riechen? Ich widerstand dem Drang, meinen Kopf in seiner Halsbeuge zu vergraben.

»Keine Sorge, du hast bereits einen anderen Spitznamen. Nicht wahr, Chérie?« Mit diesen Worten strich er mir die Strähne hinters Ohr. Alle guten Vorsätze waren dahin.

Ich verkroch mich in meinem Büro. Es hatte die Größe eines Schuhkartons: Kein Fenster, dafür eine gute Belüftungsanlage, die im Sommer auf Hochtouren lief. Selbst ein riesiger Kaktus gedieh hier, trotz meines nicht vorhandenen grünen Daumens.

Ich sah auf meine Papiere und hatte keine Ahnung, was ich damit tun sollte, so sehr beschäftigte mich die Situation im Fitnessraum. Ein tiefer Seufzer entrang sich mir, als ich meinen Kopf auf die Arme legte und mit der Nasenspitze die Tischplatte berührte. Viermal hatte ich bereits in der Animation angerufen. Pia und Ben waren inzwischen eingetroffen, meine Abwesenheit würde nicht ins Gewicht fallen. Pia war am Telefon euphorisch gewesen: »Wahnsinn, dass ich so ein Schnuckerl anlernen darf.« Zweifelsohne hatte sie damit nicht Ben gemeint.

Ich schreckte auf, als meine Bürotür aufsprang. Damian trat ein. Seine finstere Miene jagte mir Angst ein.

»Darf ich mich setzen?«

»Du klopfst nicht, aber du willst dich setzen?« Mit dem Kinn deutete ich auf den Kaktus. »Da wäre noch Platz.«

Er setzte sich mir gegenüber und musterte mich.

»Ich habe eine Beschwerde abzugeben.«

Oha.

»Wie kann ich dir helfen?« Ich lehnte mich zurück.

»Welches Kind gehorcht dir nicht?«

Er kniff die Augen zusammen und wechselte seine Haltung.

»Gehorchen tun mir alle«, sagte er so selbstsicher, dass ich nicht anders konnte, als ihm zu glauben. Dann wurde sein Blick nachdenklicher. »Obwohl, Max hat irgendwie eine masochistische Ader. Er tritt mir permanent gegen das Schienbein und ergötzt sich daran, wenn ich vor Schmerz brülle. Ich hatte keine Ahnung, dass ein Kinderfußtritt so wehtun kann!« Er strich sich über das Schienbein.

Um mich abzulenken, dachte ich an die Geschichte von dem kleinen Max. Ich kannte ihn, seit er drei war. Max litt unter einer speziellen Form von ADHS. Während meines Langzeitpraktikums in einer Kinderklinik vor ein paar Jahren war ich regelmäßig mit solchen Fällen konfrontiert worden. Mittlerweile wusste ich, wie man diese Kinder förderte, ohne sie zu überfordern.

Max lag mir besonders am Herzen. Er konnte ein Engel und zugleich ein Teufel sein. Damian bekam anscheinend den Teufel zu spüren. Ich sparte es mir, ihn darüber aufzuklären, und freute mich insgeheim, dass Max seine kindliche Wut gegen ihn richtete.

»Du willst dich also über Max bei mir beschweren?«

Damian hörte auf, sich zu liebkosen, und sah mich entgeistert an. »Nein, ich will mich über dich beschweren!«

Was wollte er?

»*Du* wurdest mir zugewiesen. Deine Angestellten sind ja ganz nett, aber das war nicht Sinn der Sache.«

Er hatte recht. »Zur Kenntnis genommen. Sonst noch was?« Ich hoffte inständig, dass er mein Büro auf schnellstem Weg verlassen würde, damit sich meine Lungen wieder mit Sauerstoff füllen könnten.

»Ja, da gäbe es in der Tat noch etwas.« Sein Tonfall jagte mir eine wohlige Angst ein. »Ich werde dich vögeln.«

Was? Jetzt hatte er offenbar komplett den Verstand verloren. Das war ja wohl die Höhe! Mein weiblicher Stolz signalisierte mir, auf der Stelle wütend sein zu müssen. Mein Körper hatte eine andere Meinung dazu. Konzentration, Cat.

»Ist das eine Drohung?«, brachte ich streng heraus.

Oder ein Versprechen?

Er zeichnete mit seinem Zeigefinger seine Oberlippenkontur nach.

»Wie wäre es, wenn wir beide uns sofort von dieser sexuellen Anspannung befreien würden?«

Oh nein! Für wie unwiderstehlich hielt der sich? Das wäre ja noch schöner, auf gar keinen Fall. Ein sexueller Übergriff am Arbeitsplatz, stopp!

Oder doch?

Ich beugte mich ganz langsam über meinen Tisch und schnurrte: »Ich fange grundsätzlich nichts mit Lehrlingen an.«

Er schenkte mir ein atemberaubendes Lachen.

Zugegeben, mein Höschen wurde feucht.

»Ich bekomme immer, was ich will, Chérie … «

Eine Gänsehaut breitete sich auf meinen Oberarmen aus.

»Stimmt, die Ohrfeige steht noch aus!«

Gegen fünf Uhr nachmittags entschloss ich mich, aus meiner Höhle herauszukommen. Es regnete, was für diese Jahreszeit ungewöhnlich war. Meine Kollegen hatten sicher ordentlich zu tun. Kinderlachen klang mir entgegen, als ich den Vorraum der Animation betrat. Unser Arbeitsplatz beherbergte alles, was ein Kinderherz höher schlagen lässt: Rutschen, Bällebad, Billardtisch, Spielekonsolen, Puppen und Bastelecken. Schätzungsweise dreißig Kinder wuselten hier durcheinander. Die große Mehrheit zockte an einer Spielkonsole, die Kinder lieferten sich ein wildes Gefecht um den ersten Platz bei einem Autorennen. Nicht weit entfernt stand Maria, die Ringelreihen mit den Kleineren tanzte. Ben hatte die Meute Jungs übernommen, die sich mit selbst gebastelten Papierschwertern jagte, und Pia kümmerte sich um … Damian!

Die beiden saßen an zwei Maltischen und unterhielten sich. Ein ungewohntes Bild, einen zwei Meter großen Mann auf so einem kleinen Stuhl sitzen zu sehen. Um sie herum hockten ein paar Mädchen, die ich auf etwa vierzehn schätzte. Pia lachte auf und strich Damian über den Oberarm. Sie war eine absolute Schönheit mit ihren langen blonden Haaren und diesem Wahnsinnskörper.

Ihr Augenaufschlag war fantastisch, genauso wie die Geste, mit der sie ihre Haare über die Schulter warf. Ich mochte Pia, sie war nett und konnte gut mit Kindern umgehen. Aber warum um alles in der Welt ging sie dann nicht mit Kindern, sondern mit Damian um?

Jetzt kniff sie ihn auch noch in den Oberarm. Das reichte! Pia und Damian unterbrachen ihr Lachen und fixierten mich, als ich knurrte: »Wäre es nicht sinnvoller, sich mit den Kindern zu beschäftigen?«

Pia versuchte, die Situation zu retten.

»Das tun wir!« Sie zeigte auf ein Mädchen, das an Damians linker Seite saß.

»Sina behauptet, dass Damian wie Tarzan aussieht. Er hat nur mehr Oberarm.« Sie schenkte ihm wieder diesen Nimm-mich-Blick.

Ich kannte Sina. Sie war dreizehn und in ihren Augen funkelten bereits rosa Herzchen. Sie wusste nicht, was sie da über Oberarme redete.

»Ich wollte nur mal kurz testen«, fügte Pia ungeniert hinzu und auch in ihren Augen blinkten Herzchen auf. Sie wusste, was sie da über Oberarme redete.

Ich kannte Pia. Sie war zweiundzwanzig, und sie war naiv.

Damian lächelte sein Siegerlächeln, dabei hob er abwehrend die Hände vor die Brust.

»Er sieht aus wie ein GQ Model!«, stimmte ein Mädchen mit ein, das ich nicht kannte.

Ahhh! Woher wussten Frühpubertierende, wie GQ Models aussahen?

Ich bekam wieder Kopfschmerzen. Wie sollte ich Damian rausekeln, wenn alle weiblichen Wesen ihm zu Füßen lagen?

»Der Wolf im Schafspelz.« Hoppla! Hatte ich das laut gesagt?

Alle Augenpaare waren nun auf mich gerichtet. Mit einem Schulterzucken verließ ich den Raum, ich hatte alles gesagt. Im Nebenraum empfing mich ein absolutes Durcheinander an Spielzeug. Da ich hier allein war, störte es niemanden, wenn ich die Sachen einfach in die Kisten pfefferte.

Nur einen Augenblick später baute sich hinter mir ein riesiger Schatten auf. Ruckartig drehte ich mich um und stand plötzlich dicht vor Damian. Die Wärme, die sein Körper verströmte, hüllte mich ein wie eine kuschelige Decke. Hmmm, dieser Duft … Sein Geruch vernebelte mir die Sinne.

»Kann ich dir helfen?«, zischte ich. Sein Blick wurde nachdenklich. »Warum führst du dich mir gegenüber eigentlich so bitchig auf? Habe ich dir was getan?«

Entgeistert erhob ich die Stimme: »Bitchig? Ich? Du führst dich auf wie Don Juan und ich soll bitchig sein?«

Er kam näher, sodass ich seinen Atem auf meiner Haut spürte. Wieder streifte er mir eine Haarsträhne hinters Ohr.

»Bist du eifersüchtig, Chérie?«

Seine samtige Stimme ging mir unter die Haut, fast so, als hätte er mich berührt. Ich wollte ihn wegstoßen, ihn anschreien, ihn schlagen – warum konnte ich es nicht?

»Ey, du! Lass Cat in Ruhe!«, brüllte da eine Kinderstimme und riss uns aus diesem merkwürdigen Moment.

Wir drehten uns um. Der kleine Max hatte sich unbemerkt in den Raum geschlichen. Auf ihn musste die Situation bedrohlich gewirkt haben, denn er holte sogleich zu einem Fußtritt aus und traf Damian mitten am Schienbein.

»Jetzt reicht es aber, du Kleiner …«, fluchte er und griff nach ihm. Dass er nur Spaß machte, erkannte ich an seinem Lächeln – Max leider nicht. Die Situation kippte. Der Kleine bekam Angst, fing an zu kreischen und versteifte sich. Unkontrolliert schlug er mit seinen Armen um sich, während seine Pupillen verschwanden. Weinend fiel er zu Boden. Ein epileptischer Anfall! Damian war mit der Situation vollkommen überfordert, er war kreidebleich.

»Geh, Damian«, forderte ich ihn auf, ohne Max aus den Augen zu lassen. Er folgte meiner Anweisung und ging zu Maria, die im Türrahmen wartete. Schnell entfernte ich alles um Max herum, damit sich der Kleine nicht zusätzlich verletzte. Ich legte eine Entspannungs-CD ein, die wir für Traumreisen benutzten, und ließ den Raum in sanfter Musik versinken. Was hatte ich gelernt? Verwende niemals negative Wörter wie *Angst* in einem positiv gemeinten Satz! »Du bist ein ganz tapferer Junge, Max! Wir schaffen das!« Ich versuchte ihn durch meine Anwesenheit zu beruhigen, indem ich ihn sanft berührte. Sein Körper hörte auf zu krampfen, das wilde Um-sich-Schlagen hatte ein Ende. Ich setzte mich im Schneidersitz hinter ihn und umarmte ihn. Im Takt der Musik wiegte ich uns beide hin und her und summte die Melodie mit. So saßen wir eine gefühlte Ewigkeit einfach nur da.

»Danke, Cat!«, wisperte eine dünne Stimme in meinen Armen. Mir stiegen Tränen in die Augen, das durfte ich unter keinen Umständen zulassen.

»Nichts zu danken, Max!«

Mein Blick blieb an der Tür hängen, wo Maria und Damian warteten. Ich schenkte ihnen ein Lächeln und signalisierte ihnen, dass alles gut war.

Kapitel 7 ❦ Damian

Scheiße!

Ich war fix und fertig. Selbst meine Augenbrauen taten weh. Unfähig, unter die Dusche zu springen, lag ich auf meinem Bett. Unidentifizierbare Flüssigkeiten und Klebereste hafteten an meinem ganzen Körper. Ich konnte nicht aufstehen.

Was war das nur für ein Höllentag gewesen? Nie im Leben würde ich das ein halbes Jahr durchstehen! Um mich herum war es endlich still. Kein Poltern, kein Trampeln, kein Geschrei. Vorher war mir das niemals aufgefallen.

Ich genoss die Ruhe und dachte über den Tag nach. Achterbahnfahrt – mir fiel kein anderes Wort dafür ein.

Tatsache: Ma Chérie war gleich Mrs Arsch, war gleich Catherina Sanz, war gleich meine Vorgesetzte. Zufälle machen das Leben reich. Natürlich wollte ich meine Chefin vögeln! Nun ja, streng genommen war ich eigentlich *ihr* Chef. Aber warum zum Teufel hatte sie mich zu ihrem Staatsfeind Nummer eins auserkoren? Warum reagierte sie nicht so, wie ich es wollte – so wie jede andere Frau?

Ihr Körper verriet sie zwar, aber sie sträubte sich regelrecht dagegen. Eine Herausforderung, der ich mich nur zu gerne stellen würde. Das Mysterium Cat. Meine Hochachtung davor, wie sie Max geholfen hatte. Mir saß der Schock noch in den Gliedern.

»Hilf ihr doch,« hatte ich Maria angefaucht, doch sie hatte sich nur zu mir umgedreht und ihren Zeigefinger an die Lippen gehalten. Kaum hörbar hatte sie geflüstert: »Schau hin, Catherina weiß, was sie tut. Beruhig dich!« Und genau das hatte ich getan. Jede gottverdammte Einzelheit hatte ich wie ein Schwamm in mich aufgesogen: die Musik, das Beruhigen, das Wiegen. Max hatte sich in ihren Armen völlig entspannt. Er hatte sich bei ihr bedankt und in ihren beiden Augen hatten Tränen aufgeblitzt. Das war der Moment, in dem ich begriff: Nur vögeln reicht hier nicht. Ich musste dieses Mysterium knacken. Ich wollte diese Frau kennenlernen. So richtig … Fuck!

Der Klingelton meines Handys riss mich aus meinen Gedanken. Mühevoll tastete ich über mein Bett, bis ich auf das vibrierende Etwas stieß. Kriss' Nummer leuchtete auf. Bei unserem letzten Telefonat, als ich auf dem Weg zu dieser – wie hieß sie doch gleich? – Iva gewesen war, hatte er sich wie das letzte Arschloch benommen. Er hatte sich vor Lachen überhaupt nicht mehr eingekriegt. Sicher, es war ja auch nicht sein Leben, das aus dem Ruder lief.

»Was gibt's?«

»Na, du Arbeitstier? Wie war dein erster Tag?«

Dieser Bastard schien sich am anderen Ende der Leitung vor Gelächter zu krümmen.

»Gut.« Das musste reichen. »Und, was hast du so an einem deiner zahlreichen freien Tage getrieben? Oder besser: Mit wem hast du es getrieben?«

»Ich habe nichts zur Weltverbesserung beigetragen,

falls du das meinst. Aber ich habe mir ein Date für den Unternehmerball gesichert. Wie sieht's bei dir aus?«

Dieser Scheißball! Ich hasste solche offiziellen öffentlichen Auftritte. Jedes Jahr fand dieses Großereignis in einem ausgewählten Hotel statt, es war ein Großaufgebot aller, die in der Gastronomie Rang und Namen hatten. Zum Glück hatte ich letztes Jahr dabei eine Brünette auf der Personaltoilette gevögelt, sonst wäre das eine ziemlich lahme Veranstaltung geworden. Sie hatte sich zudem als Tochter eines renommierten Zulieferers entpuppt. Unsere Konditionen hatten sich daraufhin schlagartig verbessert. Kontakte pflegte man eben so oder so …

Auch dieses Jahr war ich gezwungen, dort zu erscheinen. Das hieße, ich würde eine Begleitung brauchen, und für die würde es nicht einfach sein, meinen Anforderungen gerecht zu werden. Klappe halten und gut aussehen – diese Frau musste erst noch erschaffen werden. Gutes Benehmen und distanziert – davon konnte man nur träumen.

»Bist du noch da?«, hörte ich Kriss sagen.

»Ja. Nein. Ich habe noch nichts Passendes.«

»Du bist spät dran! Du wirst nur noch die Reste bekommen!«

Als ob ich das nicht wüsste.

»Ich würde es an deiner Stelle bei Bennett versuchen, da stehen selbst deine Chancen nicht schlecht.«

Bennett war der Chef von First Hope, einer Escort-Firma, die hundertprozentige Diskretion versprach. Sein Kundenstamm bestand aus prominenten, wohlhabenden Männern. Nun ja, eine Frau, mit der man die Spielregeln vorher abklärte, war Gold wert …

Ich gähnte.

»War wohl ein anstrengender Arbeitstag«, sagte Kriss. Ich hörte ihn förmlich grinsen.

»Und das aus dem Mund eines Sozialschmarotzers«, gab ich bissig zurück.

»Irrtum, Damian! Ich lebe nur – von dem Geld meines Alten.«

Wie wahr, wie wahr …

Sein Alter war so auf den Ruf seines Hotels fixiert, dass er Kriss alles bezahlte, nur damit dieser sich heraushielt. Die Eskapaden seines Sohnes passten nicht in seine kunstvoll arrangierte Außendarstellung.

Ich beendete das Gespräch und beschloss, unter die Dusche zu springen. Danach legte ich mich zurück ins Bett und schlief mit der Erinnerung an eine kleine, schlagfertige Brünette ein.

Der nächste Tag begann zum Glück mit weniger Kindern, die mich um den Verstand bringen konnten.

»Cat ist beim Chef«, hörte ich Pia zu Ben sagen. Berichterstattung, nahm ich an.

Eine hübsche Frau tauchte in der Animation auf. Auf ihrem Arm hielt sie einen kleinen Jungen. Ben und Pia waren in ihre Unterhaltung vertieft, also kümmerte ich mich um die Dame. Sie reagierte auf mich wie alle Frauen, ihre geröteten Wangen verrieten sie, als ich ihr entgegenging.

»Wen haben wir denn da?«, fragte ich und lehnte

mich gegen den Tresen, der zur Anmeldung der Kinder diente.

»Das ist Louis«, antwortete sie. Sie war attraktiv, etwa um die Dreißig. Ein kurz geschnittener blonder Bob umrahmte ihre hohen Wangenknochen und ihr weiblich gerundeter Körper steckte in einem Hippiekleid, ihre Füße in Flip Flops. Durchschnitt, kein Treffer.

»Ich meinte nicht Louis«, sagte ich grinsend.

Sie wurde verlegen und bekam kein Wort mehr heraus. Langweilig! Hinter mir räusperte sich jemand. Ich blickte über meine Schulter zurück. Cat. Eine wütende Cat!

»Wenn Sie beabsichtigen, Louis hierzulassen, tragen Sie ihn bitte hier ein.«

Verwirrt schaute mich die Blonde an, nahm den Kugelschreiber und fing an, etwas ins Anmeldeformular zu kritzeln. Aus dem Augenwinkel bemerkte ich, wie sich Cats Haltung entspannte. Was war denn das? Cat schritt an mir vorbei und nahm der Blondine den Kleinen ab. Ich hörte noch, wie sich die beiden Frauen über Louis' Sachen unterhielten, und ging mit einem unsicheren Gefühl zurück zu Pia und Ben. Keine zwei Minuten später stand Cat mit Louis vor uns. Sie übergab den Kleinen Pia und warf mir einen vernichtenden Blick zu.

»Auf ein Wort, Damian!«

In diesem Moment kam ich mir wie ein kleiner Junge vor. Das passte mir gar nicht. Ich folgte Cat in ihr Büro, lehnte mich mit verschränkten Armen gegen den Türrahmen und fixierte sie mit meinem Blick. Sie setzte sich halb auf die Kante ihres Schreibtisches, verschränkte ihre Arme ebenfalls und schaute mich grimmig an.

»Was soll das hier werden? Wer zuerst lacht, der verliert?«, fragte ich schroff.

Sie zog eine Augenbraue hoch und entgegnete: »Du bist dir schon im Klaren, dass wir uns hier um die Kinder kümmern und nicht um deren Mütter?«

Ein Lächeln umspielte meine Lippen, als ich zurückfragte: »Soll ich mich lieber um dich kümmern?«

Sie schnaubte verächtlich und senkte ihren Blick. Die Anspannung stand ihr ins Gesicht geschrieben. Trotz allem versuchte sie, einen ruhigen Tonfall zu behalten.

»Wie lautet unsere Firmenphilosophie?«

Was? Ich hatte absolut keine Ahnung, wovon sie sprach. Aber gut, provozieren konnte ich auch.

»Gott im Himmel, lass den Kater mein, morgen nicht so schrecklich sein. Bitte gib mir wieder Durst, alles andere ist mir wurst?«

Sie schüttelte den Kopf.

Ich stieß mich von der Tür ab und ging auf sie zu. Mein Finger wanderte unter ihr Kinn, sodass sie gezwungen war, mir in die Augen zu blicken.

»Wer die falschen Fragen stellt, bekommt auch die falschen Antworten, Chérie.«

Ihr Körper versteifte sich. Sie kämpfte. Sie kämpfte mit ihren Augen gegen mich.

»Was willst du, Damian?«

Stille.

Ich will dich!

»Wie stellst du dir deine Zukunft vor?«

Ich verdrehte die Augen. Konnte sie nicht endlich damit aufhören, so einen Müll von sich zu geben? Scheiß auf Pläne und Zukunft. Für mich zählte nur das Hier und Jetzt.

»Ich stehe nicht auf Luftikusse«, gab sie plötzlich von sich.

Ich trat einen Schritt zurück.

Luftikus? Ich?

Langsam streckte ich meine Hand aus und fuhr mit dem Zeigefinger ihren Oberarm entlang bis zu ihrem Handgelenk, wo ich ihren Puls ertasten konnte. Er raste. Sie würde sich in mich verlieben. Koste es, was es wolle.

»Der Punkt geht an dich«, sagte ich und wandte mich zum Gehen. Frauen und ihre ständigen Fragen und Feststellungen. Vorerst hatte ich genug.

»In Zukunft wäre es nett, wenn du die Mütter in Ruhe lassen würdest!«

Ich lächelte sie über die Schulter hinweg an.

»Kein Problem! Die Töchter über achtzehn interessieren mich eh mehr.«

Wütend stapfte ich den Weg zur Animation zurück, da sah ich Louis auf dem Boden sitzen und weinen. Ben und Pia waren gerade damit beschäftigt, zwei Raufbolde voneinander zu trennen, weshalb sie Louis nicht bemerkt hatten. Ich kniete mich hin und fragte: »Na, Kleiner, was ist passiert?« Er weinte lauter.

Ich erinnerte mich, dass Louis noch kein Jahr alt war. Verdammt, ab wann sprach denn so ein Kind? Ich versuchte etwas anderes. »Durst oder Hunger?« Wieder nur ein gequältes Weinen.

»Pia, was stimmt nicht mit ihm?«

Pia, die immer noch versuchte, einen der Raufbolde zu

bändigen, brüllte zurück: »Keine Ahnung, schau doch mal in seiner Hose nach!«

Was?

»Aha, und was soll ich da finden?«

Sie lachte auf. »Das wirst du mit Sicherheit selbst herausfinden! Da hinten ist die Wickelstation, da kannst du ihn wickeln.«

Jetzt begriff ich, was sie meinte.

»Niemals!«

Als hätte er begriffen, worum es ging, schrie Louis jetzt ohrenbetäubend. Verdammt noch mal! Ich nahm ihn hoch – mit ausgestreckten Armen, bloß weit weg von mir.

Bei der Wickelstation lag eine Wickelunterlage auf dem Boden. Louis klatschte zufrieden in die Hände.

»Alles klar, Kumpel, das wäre doch gelacht, wenn wir das nicht schaffen. «

Ich legte ihn auf den Boden und zog ihm siegessicher die Hose runter. Es dauerte einen Moment, bis ich verstand, wo sich die Knöpfe seines Ganzkörperanzugs befanden.

»Ja, Kumpel, ich verstehe dich! Das quetscht bestimmt die wichtigste Region ab.« Louis lachte, als hätte er einen Verbündeten gefunden. Langsam, ganz langsam öffnete ich die Windel. Ein undefinierbarer Gestank schoss mir in die Nase, der Würgereiz stieg mir in den Hals. Ach du Scheiße! Der Würgereiz wurde stärker, Tränen schossen mir in die Augen, es schüttelte mich am ganzen Körper. Wie konnte aus so einem kleinen Kind so viel Scheiße rauskommen?

Ich kämpfte mit dem Klebedings von den Feuchttüchern, während Louis sich feierte und wie wild mit den Beinen strampelte.

»Halt still!« Mein Blick wurde strenger. Louis' Blick wurde amüsierter. »Fuck, jetzt geh ab!« Dieses dumme Klebeetikett blieb wieder an meiner Hand haften.

Plötzlich spürte ich etwas Warmes. Es wurde warm und nass. An meinem Bauch. Ich sah nach unten. Tatsächlich! Der kleine Schreihals pinkelte mich gerade voller Freude an. Ich stieß einen lauten Schrei aus. Louis erschrak, rollte sich auf die Seite und lief weg.

Was zur Hölle …! Sprechen kann der Bengel nicht, dafür aber laufen? Einen Moment lang sah ich ihm verblüfft hinterher. Er lief unten ohne in den Raum, in dem sich alle anderen aufhielten. Scheiße!

»Bleib stehen!«, rief ich und rannte ihm hinterher. Geschrei brach aus. Pia und Ben schauten dem Kleinen nach, ohne ihn aufzuhalten. Und Louis? Der rannte schnurstracks in die geöffneten Arme von Cat, die am Boden kniete. Na super!

Sie schaute erst auf mein nasses Shirt, dann in mein verzweifeltes Gesicht. Ich rechnete mit einer Standpauke, stattdessen lachte sie aus vollstem Herzen. Sie wischte sich eine Träne aus dem Augenwinkel und flüsterte mir zu: »Da hast du dir aber einen beschissenen Job ausgesucht!«

Mit einem Schulterzucken tat ich ihr Gelächter ab, ich musste dieses Shirt sofort loswerden. Sowas Ekelhaftes! Mit einem Ruck zog ich es mir über den Kopf. Cats Lachen endete abrupt, als sie meinen muskulösen Oberkörper erblickte. Sie biss sich auf die Unterlippe.

Sieh an, sie reagiert wieder!

»Du vergisst – ich stehe nicht auf Luftikusse,« äffte ich sie nach.

»Na gut, Columbo, du hast mich erwischt.« Abwehrend hielt sie ihre Hände vor den Oberkörper.

Mit so einem Zugeständnis hatte ich nicht gerechnet. Warum machte mich dieses Weib nur so verrückt?

Es war Donnerstag, endlich Feierabend und ich fühlte mich müde und erschöpft. Kaum zu glauben, wie anstrengend Kinder sein konnten!

Und kaum zu glauben, wie schwer es war, Cat zu knacken. In meiner Gegenwart wurde sie zu einem Drachen. Regelmäßig schleuderte sie mir Feuerbälle entgegen. Einmal Brandsalbe für meine imaginären Brandblasen bitte! Es stimmte schon: Was ihre Arbeit betraf, war sie unschlagbar. Ihre Arbeitsweise und ihre Wirkung auf die Kinder waren fantastisch. Warum verhielt sie sich dann mir gegenüber wie ein angriffslustiger Dobermann? Es war mir einfach unbegreiflich.

Shit! Siedendheiß fiel mir ein, dass ich noch eine Begleiterin für den Ball brauchte. Ich suchte neben meinem Bett nach dem Tablet, loggte mich bei Secret Hope ein und ging auf die Suche nach einer geeigneten Lady.

Haarfarbe, Augenfarbe, Größe, Gewicht, Vorlieben … Hier konnte man alles auswählen. Egal! Schließlich wurden die Frauen ja wohl nicht gezwungen, beim Escortservice Geld zu verdienen. Es war wie auf einem Viehmarkt. Ich schüttelte den Kopf.

Gute Sprachkenntnisse waren wichtig, an meiner Seite

würde sie ständigen Verhören ausgeliefert sein. *Sind Sie die Neue im Leben von Herrn Dennert? Wie lange kennen Sie sich schon? Sind Sie diejenige, die ihn zähmen wird?* Und so weiter.

Ich sah mir zweihundert Profile an. Nichts dabei. Seit wann war ich so wählerisch?

Cat ... Vergiss es, Damian! Die würde lieber den Mississippi mit einem Strohhalm leer saufen, als dich zu begleiten. Es war zum Aus-der-Haut-Fahren!

Zwei Profile hatte ich noch. Eine von beiden nimmst du jetzt, Damian, und beweist dir damit selbst, dass Cat dich nicht um den Finger gewickelt hat.

Nummer eins – auf keinen Fall!

Nummer zwei, du bist die Auserwählte.

Klick.

Unmöglich!!!

Ich schloss die Augen in der Hoffnung ...

Nein, das Bild änderte sich nicht!

Der Raum begann sich zu drehen, mein Magen zog sich zusammen, als hätte ich einen Fausthieb abbekommen. Ich brauchte eine Zigarette. Sofort!

Beschissene Rauchmelder, die mich nach draußen zwangen. In vier Zügen hatte ich die Kippe inhaliert. Zurück zum Tablet – vielleicht war es eine optische Täuschung?

Ich warf mich auf das Bett und sah wieder das gleiche Bild vor mir. Unter Tausenden würde ich sie wiedererkennen.

Cat!

Meine Knöchel traten weiß hervor, während ich das Tablet umklammert hielt.

Name: Catherina, Preis: auf Anfrage.

Keine weiteren Informationen verfügbar.

Was sollte der Scheiß?

Ohne darüber nachzudenken, griff ich nach meinem Handy und wählte Bennetts Nummer. Nach dem vierten Klingeln nahm er ab.

»Bennett …«, meldete er sich schroff.

»Damian Dennert«, gab ich gepresst von mir.

»Damian, mein Lieber … Es ist spät, du hast Glück, dass ich noch in der Agentur bin!«

Sollte ich ihm jetzt danken, dass er seinen Job machte? Ich beschloss, nicht um den heißen Brei herum zu reden.

»Ich bräuchte für Samstag eine Begleitung.«

»Schön, mein Lieber, es freut mich, dass meine Mädchen deinen Ansprüchen genügen. Soll ich dir eine Liste zusammenstellen?«

Hör auf, mich *mein Lieber* zu nennen, oder ich prügel dich ans andere Ufer! Meine Kiefer mahlten, während ich mit zusammengebissenen Zähnen »Ich will Catherina!« hervorbrachte.

Stille.

»Ah, meine Cathy?«

MEINE Cathy? Ich schlage dir die Backenzähne aus, wenn du sie noch mal so nennst!

Betont arrogant antwortete ich: »Ja, Catherina, die Letzte in deiner Sammlung.«

»Es hat einen Grund, warum sie hinten aufgeführt ist.«

Der da wäre?

»Cathy steht nicht für den sexuellen Akt zur Verfügung.«

Dem Himmel sei Dank!

»Sie ist sehr gefragt und ständig ausgebucht. Kann ich dir eine andere Frau anbieten?«

»Nein!«

»Elenore, sie wäre …«

»Ich habe mich klar ausgedrückt! Meine Zeit ist begrenzt, Bennett!« Er konnte es sich nicht leisten, mich zu verärgern, denn ich war mit dem Großteil seines Kundenstammes befreundet.

Er ließ sich sehr viel Zeit für seine Antwort.

»Catherina ist sechsundzwanzig und bildhübsch.«

Vorsicht!

»Sie beherrscht vier Fremdsprachen und hat einen Bachelor in ihrem Fachgebiet. Außerdem hat sie ein Langzeitpraktikum in einem renommierten Krankenhaus absolviert und kennt sich daher mit Mund-zu-Mund-Beatmung aus«, witzelte er.

Hey, du legst wirklich keinen Wert auf deine Zahnreihe!

Ich brauchte einen Augenblick, um seine Worte zu verstehen. Moment, sprachen wir hier von derselben Cat? Ich dachte, sie wäre eine Kindergärtnerin?!

»Mit was verdient sie normalerweise ihr Geld?«

»Du weißt, dass wir keine Informationen darüber rausgeben, was unsere Damen beruflich oder privat machen.« Er unterbrach sich, fuhr dann aber fort: »Na gut, für dich mache ich eine Ausnahme. Cathy hat ihren Bachelor in der Hotel- und Gaststättenbranche gemacht. Sie ist sehr vielseitig. Ihre Umgangsformen sind tadellos. Musik, Literatur, Sport … du kannst dich über alles mit ihr unterhalten. Sie hat sich einen riesigen Kundenstamm erarbeitet.«

Mir wurde schlecht.

»Ich war gezwungen, ihr Profil nach hinten zu setzen«, Bennett schnaubte, »damit meine anderen Damen auch eine Chance bekommen.«

Zu viele Informationen!

»Kennt ihr euch?«

Mein »Nein« kam auffallend schnell.

Zügel dich, Damian!

»Nein, Bennett, ich kenne sie nicht«, ergänzte ich daher ruhiger. Das war nicht einmal gelogen, denn ich sah sie zwar jeden Tag, wusste aber an sich nichts von ihr.

»Wie du meinst. Alledings hat Cathy ihren Preis.«

Wenn du sie noch einmal so nennst, garantiere ich für nichts!

Und der Preis? Egal was es kosten würde, das war mir der Spaß wert!

Kapitel 8 ❧ Catherina

Völkerball

Ich saugte an einer kleinen Brustwarze, die sich mir entgegenstreckte. Meine Zunge wanderte tiefer. Jeder einzelnen Furche seiner Bauchmuskeln schenkte ich Aufmerksamkeit. Hmmm … er schmeckte so gut! Männlich. Meine Fingernägel krallten sich in seine muskulösen Schultern und ich merkte, wie angespannt sein Körper auf meine Handlungen reagierte. Meine Lippen liebkosten seine Haut, bis sie an der Stelle seines Bauchnabels ankamen, wo sich ein kleiner Strich aus feinen Härchen den Weg nach unten bahnte. Er gab ein verlockendes Stöhnen von sich, gefolgt von einem Knurren, als ich meine Daumen unter den Saum seiner Boxershorts schob, um sie herunterzuziehen. Mein Atem ging schnell und die Vorfreude, was mich erwarten würde, schnürte mir die Luft ab. Oh ja, Cat …

»Cat, Cat, Cat!«

Pia riss mich aus meinen Gedanken und schaute mich verwundert an. Ich räusperte mich. »Entschuldige, mir schwirrt zur Zeit zu viel im Kopf herum.«

Jaaa, Sex, Sex, Sex! Und das ausgerechnet mit dem falschen Mann.

»Das kann ich mir denken«, sagte Pia und lächelte mich wissend an.

Was sollte das schon wieder heißen?

»Es hat bestimmt seinen Grund, dass du uns heute alle

nach Hause schickst und mit dem Juniorchef die Schicht allein übernimmst ...«

Was unterstellte sie mir da?

Heute Morgen hatte ich einen Anruf von Bennett erhalten. Jemand hatte mich gebucht, deshalb sollten die anderen heute früher nach Hause gehen, damit ich morgen früher gehen konnte. Nur bei Damian funktionierte das leider nicht. Den hatte ich am Hals, ob ich wollte oder nicht.

»Der Grund heißt Personalkostenersparnis! Jetzt haut ab, bevor ich es mir noch anders überlege«, sagte ich knapp und verabschiedete mich von meinem Team. Es waren nur drei Stunden, die wir gemeinsam überbrücken mussten. Nur drei Stunden, das konnte doch nicht so schwer sein!

»Ach ja, bevor ich es vergesse ... Damian ist heute irgendwie neben der Spur«, flüsterte Pia mir zu. Ich wurde hellhörig. »Er benimmt sich komisch und ist nicht bei der Sache.«

»Wie äußert sich das?«

»Er wollte einem Kind seinen Kaffee geben, statt des Kakaos.« Meine Augenbraue schnellte nach oben. »Keine Panik, ich habe es noch rechtzeitig bemerkt, aber der Arme wirkt vollkommen durcheinander.«

Der Arme?

Pia zuckte mit der Schulter. »Sei nicht zu streng mit ihm, er schlägt sich wirklich tapfer ...«

»Danke für die Info. Tschüss dann, bis morgen.«

Ich nahm Kurs auf das Spielzimmer, wo mich ein »Nein! Nicht schon wieder!« empfing. Ich blieb stehen und beobachtete, wie Damian mit drei Kindern *Mensch ärgere dich nicht* spielte. Er war im Begriff zu verlieren, worüber sich ein kleines Mädchen besonders freute. Sie zählte laut mit: »Eins, zwei, drei und vorbei.« Damian fasste sich theatralisch ans Herz, was seinen Bizeps so wunderbar hervortreten ließ. Meine Güte!

»Mensch, Alter, du hast gegen ein Mädchen verloren«, schimpfte einer der Jungs.

»Taktik! Man erspart sich so eine Menge Tränen.«

»Darf ich mitspielen?«, fragte ich und trat auf sie zu. Damian wandte seinen Blick ab. Seltsam, waren ihm die Machoallüren ausgegangen? Erst jetzt bemerkte ich das kleine Mädchen, das abseits in einer Ecke saß und mit einem Teddy spielte. Damian musste meinem Blick gefolgt sein.

»Das ist Emma.« Er stand auf, signalisierte den Kindern, dass es gleich weitergehe, und kam auf mich zu. Sein Atem streifte mein Ohr und ich verkrampfte unwillkürlich. »Emma ist sieben Jahre. Ihre Mutter holt sie gegen acht ab.« Hitze stieg in mir auf, als ich seinen Atem an meiner Halsbeuge spürte.

»Emma ist Autistin.« Puff, die Hitze war weg. »Wir haben bereits alles versucht, doch wir kommen nicht an sie ran. Emma sitzt da und macht seit Stunden die gleiche Handbewegung mit ihrem Teddy. Ich bin völlig ratlos.« Ich hob meinen Kopf und blickte Damian in die Augen. War da etwa ein Funke von Enttäuschung in seinem Blick?

»Ich schau mal zu ihr. Kümmer du dich bitte um die anderen.« Er nickte stumm.

Ich schaute Emma eine Weile zu, sie schien in einer

stereotypen Handlung gefangen zu sein. Warum es genau diese eine Bewegung sein musste – Händeschütteln mit dem Teddy – blieb wohl ihr Geheimnis. Autisten scheuten zumeist Berührungen, alles Neue war der reine Horror für sie.

Puhh! Das wird nicht einfach werden, dachte ich und holte Stifte und Papier. Behutsam kauerte ich mich neben sie und fing an, kreativ zu werden. Sie würdigte mich keines Blickes und führte monoton ihre Handbewegung fort. Ich malte eine Katze.

»Hallo, Emma, ich bin Cat«, sagte ich und zeigte auf das Bild.

»*Cat* heißt auf Englisch Katze … Vielleicht kannst du dir meinen Namen so leichter merken?« Keine Reaktion. Ich machte bald Picasso Konkurrenz, doch es erzielte bei Emma leider keine Wirkung.

Hinter mir räusperte sich jemand. Ich drehte mich um und sah Damian mit einer Frau hinter mir stehen. Sie strahlte, als sie Emma erblickte, ging an mir vorbei, kniete sich neben sie und flüsterte: »Hallo, mein Liebling.«

Wie aus einer Starre befreit, drehte das Mädchen den Kopf zu ihrer Mutter und schaute sie mit großen Augen an. Beide lächelten. Emma richtete sich auf und fragte: »Können wir gehen?«

Ihre Worte fuhren wie ein Messer in meine Brust. Aus dem Augenwinkel beobachtete ich, wie Damian den Kopf schüttelte und sich von uns abwandte. Emmas Mutter schaute mich an. »Ich danke Ihnen! Mein Mann und ich wollten nur ein gemeinsames Essen genießen.« Ich bemerkte, wie sie errötete und den Blick senkte, dabei war ich nun wirklich die Letzte, bei der sie sich rechtfertigen musste.

»Gern geschehen, dafür sind wir doch hier.« Eine Sache beschäftigte mich aber noch: »Können Sie mir sagen, warum Emma ihrem Teddy immer wieder die Hand reicht?«

Emmas Mutter überlegte kurz.

»Wahrscheinlich liegt es daran, dass ich zur Begrüßung oder zur Verabschiedung den Leuten immer die Hand gebe. Gut möglich, dass sie dachte, ich komme schneller wieder, wenn sie das auch tut. Manchmal muss man ums Eck denken, um eine Erklärung zu finden.«

Sie verabschiedete sich und plötzlich waren wir allein. Mit verschränkten Armen beobachtete ich Damian, wie er alles zusammenräumte. Eins stand fest, er hatte es eilig. Als er zu meinen Zeichnungen kam, hielt er inne. »Ich verstehe es nicht«, hörte ich ihn sagen.

»Was verstehst du nicht?«

Er drehte sich zu mir um.

»Mir ist unbegreiflich, wie Eltern«, er machte Gänsefüßchen in die Luft, »es übers Herz bringen, Kinder wie Max oder Emma hier abzugeben. Wie herzlos kann man sein?«

Herzlos? Mein Blick wurde weicher, denn auch ich hatte erst lernen müssen, mit solchen Situationen richtig umzugehen und keine voreiligen Schlüsse zu ziehen. Ich trat einige Schritte auf ihn zu.

»Am Anfang dachte ich genau wie du …«

Er musterte mich, während ich weitersprach.

»Ich konnte mir auch nicht vorstellen, wie man sein eigenes Kind jemand Fremdem anvertrauen kann, zumal wenn es keine einfachen Kinder sind wie Max oder Emma.«

Sein Blick glitt von mir zu meinen Zeichnungen. Er nahm sie in die Hand und drehte sie hin und her. Ich räusperte mich kurz, um ihm zu signalisieren, dass ich noch nicht zu Ende gesprochen hatte. Unbeirrt wendete er meine Kunstwerke weiter in seinen Händen.

»Eltern opfern sich tagtäglich für ihre Kinder auf. Sie lieben sie! Woher sonst würden sie die Kraft nehmen, jeden Morgen aufzustehen, wenn nicht für diese Liebe? Wir in der Kinderanimation sind dafür da, ihnen auch einmal Zeit zu zweit zu ermöglichen.«

»Und wie trägt ein Esel dazu bei?«

»Welcher Esel?« Er hatte mich vollkommen aus dem Konzept gebracht.

Damian drehte das Blatt, auf der meine perfekte Katze zu sehen war, zu mir um. Ich zuckte mit der Augenbraue und verschränkte die Arme vor der Brust. »Das ist eine Katze, wie man unschwer erkennen kann!«

Er lachte laut auf, ein Vibrieren durchzog meinen Körper.

»Aber du hast recht! Ich sehe hier auch einen Esel«, konterte ich und streckte ihm die Zunge raus.

»So, so, ein Esel, ja?« Er blickte sich um und griff nach einem orangen Softball.

Was hatte er vor? Er würde doch wohl nicht! Da holte er auch schon aus und …

… traf mich mitten am Oberschenkel.

»Aua!« Fassungslos starrte ich ihn an.

»Ein Esel, der verdammt gut werfen kann«, sagte er und zwinkerte mir zu.

Na warte …

Schnell griff ich mir den Ball, holte aus und warf. Verflucht! Schon in meiner Schulzeit war ich eine absolute Niete gewesen, was das Werfen anging. Er fing meinen läppischen Wurf problemlos ab.

Oh, oh, wenn kein Angriff möglich war, dann eben Rückzug. Flink drehte ich mich um und lief in das größere Spielzimmer, um mir ein anderes Wurfgeschoss zu organisieren. Das Einzige, was ich fand, war ein XXL-Plüschelefant, und Damian war mir dicht auf den Fersen. Ich schaffte es, mich zu drehen und ihm den Elefanten gegen seine Brust zu hämmern.

»Ist das dein Ernst? Das sind unfaire Methoden!«, gab er gespielt beleidigt von sich. Mit einem erneuten Wurf traf er mich direkt an der Brust. Ich rieb die schmerzende Stelle, stützte mich mit beiden Händen auf den Knien ab und hauchte: »Nein, der Wurf war unfair!«

Der Ball rollte zurück in Damians Richtung. Ohne mit der Wimper zu zucken, hob er ihn auf und warf ihn zweimal in die Luft.

»Ich dachte, du wärst härter im Nehmen.«

Arghh! Dieser eingebildete Schnösel. Ein Plastikkegel rückte in mein Blickfeld. Mit voller Wucht traf ich ihn am Oberschenkel – nur knapp an seinem besten Stück vorbei.

»Autsch, du Biest!« Er rieb sich die Innenseite des Oberschenkels.

»Schade, knapp daneben ist auch vorbei«, stellte ich befriedigt fest.

Und dann passierte es.

Damian holte aus …

In meinem Hinterkopf ertönte das Schreien meines Sportlehrers: »Sanz! Verdammt noch mal, entweder fängst du den Ball oder du weichst aus!« Ich entschied ich mich für Ausweichen. Ein fataler Fehler, denn der Ball traf mich mitten im Gesicht, und ich ging zu Boden.

Da lag ich nun. Mein Gesicht und meine Brust schmerzten tierisch. Nie hätte ich gedacht, dass ein Softball derart wehtun konnte, mal abgesehen von der Blamage, zu Damians Füßen zu liegen. Warum hießen diese Dinger eigentlich Softballs? Hardballs wäre passender. So ein Mist!

Ich vernahm Damians Nuscheln und seine schnellen Schritte, die sich mir näherten. Er sank auf die Knie und schaute mir tief in die Augen. Erst jetzt bemerkte ich diese kleinen Einsprengsel in seinen Augen. Er hatte wirklich wunderschöne blaue Augen, eine absolut gerade Nase und dann diese Lippen – sinnliche, mit Sicherheit sehr weiche Lippen.

Oh Gott, Cat, was denkst du da eigentlich? Entsetzt schnappte ich nach Luft. Es musste daran liegen, dass ich eins auf den Kopf bekommen hatte. Ja genau!

Damian lachte mich an und enthüllte eine Reihe gerader, weißer Zähne. Wusste dieser Kerl eigentlich, wie gut er aussah? Warum mochte ich ihn gleich noch mal nicht?

»Ah, gut, du lebst noch!«

Richtig! Darum, mochte ich ihn nicht. Ich war wütend! Auf ihn, auf mich, auf das Leben. Meine Hand machte sich selbstständig. In Gedanken hörte ich bereits das schallende Klatschen, das sie auf seiner Backe erzeugen würde.

Damian reagierte geistesgegenwärtig und vereitelte mein Vorhaben. Er stoppte meine Hand in der Luft und hielt sie fest. Erschrocken weitete ich die Augen. Hatte ich gerade dem Sohn meines Chefs eine kleben wollen?

»Vorsicht, Chérie! Du könntest dich ernsthaft verletzen«, brummte er.

Unsere Blicke trafen sich. Ich hielt dem seinen stand und focht diesen Krieg mit den Augen aus. Niemals würde ich klein beigeben, egal was er vorhatte. Aber was genau hatte er überhaupt vor?

Er führte meine Hand um seinen Hals. Wie hypnotisiert ließ ich es zu, dass er seine andere Hand unter mein aufgestelltes Bein brachte und mich mit einem Ruck nach oben hob. Ich spürte die Haut zwischen seinem Haaransatz und seinem Shirt. In seinen Armen zu liegen war … wie angekommen zu sein. Sein Atem streifte meine Lippen. Ich schloss die Augen. Fast konnte ich seine Oberlippe an meiner spüren.

»Mei, Herr im Himme, warum könna de ned ihre Sachn aufräuma?«

Christel, unsere bayerische Putzfrau, stapfte lauthals fluchend in den Raum, einen Staubsauger hinter sich herziehend. »Des konn doch ned wahr sei, de Grippn!«

Wie von der Tarantel gestochen, sprang ich aus Damians Armen und auf meine Füße, Damian stöhnte auf.

»Entschuldige, Christel, ich helfe dir!«, antwortete ich

panisch. Christel erschrak. Gott sei Dank, sie hatte uns nicht gesehen.

»Mei, entschuidige, Cat, i hob dachd, 's waarad koana mehr do. I hob grod weng am Saustoi gschimpft.«

Ein Wörterbuch wäre jetzt nicht schlecht! Mein Blick richtete sich auf Damian, der immer noch so da stand, wie ich ihn zurückgelassen hatte. Was war da in seinen Augen? Enttäuschung? Ich musste hier weg, und zwar schleunigst!

Kapitel 9 ❧ Damian und Catherina

Die Auktion

Angespannt stand ich an der Hotelbar und wartete auf meinen Begleiter. Er hatte bereits zehn Minuten Verspätung, als mich der nette Barkeeper erneut fragte, ob ich etwas trinken wolle.

»Ein Wasser bitte!«

Er schenkte mir ein traumhaftes Lächeln und verschwand.

Kaum zu glauben: Ich war auf dem Unternehmerball der Gastronomen! Ein lang gehegter Traum hatte sich erfüllt. Ich musste meinem Kunden danken, egal was mich erwarten würde. Leider wusste ich nichts über ihn. Normalerweise erhielten wir vorab eine detaillierte Liste mit den Vorlieben unserer Kunden. Für den Stundenlohn, den sie für uns bezahlten, erwarteten sie selbstverständlich auch etwas.

Immer mehr gut gekleidete Frauen und Männer sammelten sich in der Bar. Im Hintergrund lief angenehme, dezente Musik. Paare begrüßten sich mit Schulterklopfen, lautem Gelächter oder den obligatorischen Küsschen rechts und links. Ich drehte mich wieder zur Bar und wartete auf den Barkeeper. Ein Mann, schätzungsweise um die fünfzig, elegant, gepflegt, für sein Alter attraktiv, prostete mir von der anderen Seite der Bar aus mit einem Champagnerglas zu. War er mein Begleiter?

Als Erkennungszeichen hatte man mir nur die Bar genannt. Er werde mich finden. Langsam wurde ich unruhig und kam mir zunehmend fehl am Platz vor. Der Barkeeper kam zurück und stellte das Wasser vor mich.

»Geht das auf eine Zimmernummer oder bezahlen Sie bar, schöne Frau?«

Ich errötete. Passend zu meinem Cocktailkleid. Es war ein Traumkleid: rot, figurbetont, knielang. Ein dezenter Ausschnitt, um keine falschen Signale zu senden. Meine Haare waren gelockt und an den Seiten hochgesteckt. Dezentes Make-up rundete alles ab.

Plötzlich legte sich eine Hand besitzergreifend auf das untere Drittel meines Rückens. Diese Hand würde ich wohl gleich in ihre Schranken verweisen müssen.

»Zimmer 405.«

Ich wartete, bis sich die große Gestalt zu der Hand neben mir aufbaute, muskulöse Arme stützten sich auf dem Bartresen ab. Ein maskuliner, angenehmer Duft stieg mir in die Nase. Hm, wenigstens war er groß und roch gut.

»Es freut mich …« Ich erstarrte.

Damian! Mir wurde schwindlig. Der Boden unter meinen Füßen begann zu wackeln.

Er bestellte sich einen Whiskey und musterte mich ungeniert.

»Was machst du hier?«

Er antwortete nicht. Wie hatte ich nur davon ausgehen können, dass er nicht hier sein würde? An seinem Kiefer zuckte ein Muskel.

»Die Frage ist nicht, was *ich* hier mache, sondern was *du* hier machst!«

Gott sei Dank, ein Missverständnis! Er war nicht mein Begleiter.

»Ich bin eingeladen worden.«

»Ihr Whiskey, Herr Dennert«, sagte der Barkeeper und stellte ihn vor Damian ab. Ich schaute zwischen den beiden Männern hin und her.

»Danke, Tobi«, sagte er, ehe er sich seinem Glas widmete und es in einem Zug leer trank.

»Oh, du scheinst öfters in Hotelbars abzuhängen. Hast du ein Alkoholproblem?«

Er schmunzelte.

»Nicht dass ich wüsste … Man kennt sich halt.«

Mein Glas fest umklammert setzte ich noch eins drauf: »Wieso habe ich nur den Verdacht, dass du auch die Putzfrauen und Zimmermädchen hier ziemlich gut kennst?«

Sein Lächeln wurde breiter. »Du hast die Rezeptionistinnen und Köchinnen vergessen.«

Das entsprach wohl der Wahrheit. Ich wandte mich zum Gehen.

»Wo gehst du hin?«

In meiner Bewegung innehaltend, antwortete ich ihm zuckersüß über die Schulter hinweg: »Das geht dich überhaupt nichts an!«

Er kam auf mich zu, senkte seinen Kopf und hauchte mir ins Ohr: »Irrtum. Heute gehörst du mir.«

Was?

»Davon träumst du.«

Er strich mir das Haar über die Schulter und küsste mich in die Halsbeuge. Oh Gott! Sein Kuss prickelte auf meiner erhitzten Haut wie Himbeerbrause.

»Bennett hat mir einen unvergesslichen Abend verspro-chen.«

Mir wurde schwarz vor Augen. Ein dicker Kloß bil-dete sich in meinem Hals, den ich nur mühevoll hin-unterschlucken konnte. Er wusste es … Er war mein Begleiter … Scheiße!

Weinen kam nicht infrage.

Ich blickte in seine amüsierten Augen.

»Bastard!«

Ungestüm rammte ich ihm meinen Ellenbogen in die Magengegend, was ihn scharf die Luft einziehen ließ. Ich ging zurück zur Bar, von wo aus Tobi das Ganze beobachtet hatte. Hatte der nichts anderes zu tun?

»Einen Schnaps bitte!«

»Welcher darf es denn sein?«

»Den Stärksten, den ihr habt … doppelt!«

***

Okay, den Schlag hatte ich verdient. Ich sah sie an. Ein schöner Rücken konnte auch entzücken. Sie war heute wirklich unwiderstehlich! Dieses Kleid betonte ihre perfekte Figur. Ihr wohlgeformter Arsch streckte sich mir so einladend entgegen, dass ich Mühe hatte, ihn nicht anzufassen. Ich trat neben sie und inhalierte ih-ren Duft. Sie würdigte mich keines Blickes, als ihr Tobi zwei brennende Schnapsgläser servierte. Cat passte in das Beuteschema dieses »Nehmt-mich-ich-bin-ein-Bar-keeper«-Fritzen. Ich hatte ihn schon des Öfteren beob-achtet, wenn ich hier auf Kriss wartete.

Entschlossen nickte ich ihm zu. Er verstand es und machte sich aus dem Staub. Cat wartete, bis sich einige Zuckerkristalle auf dem Boden abgesetzt hatten, ehe sie die Flammen löschte und beide Gläser austrank, ohne dabei mit der Wimper zu zucken. Belustigt hob ich eine Augenbraue.

»Normalerweise muss ich mir die Frauen schön trinken. Ich hätte nicht gedacht, dass das auch mal anders herum der Fall sein könnte.«

Sie schnaubte verächtlich, wandte sich zu mir um und sagte: »Tja, wie du siehst, gibt es für alles ein erstes Mal!«

Wie wahr …

»Möchtest du noch was trinken? Oder sollen wir zur Party gehen?«

Mein Schwanz zuckte, als sie mich diabolisch anlächelte.

»Wie wäre es mit Schwefelsäure? Dann hätte dieser Abend ein schnelles Ende.«

Ich schenkte ihr ein Lächeln zurück.

»Ich glaube nicht, dass sie das auf der Getränkekarte haben.«

Cat verdrehte ihre Augen.

»Gibt dir das hier gerade einen besonderen Kick?«

Wenn du wüsstest, Babe … Ich richtete mich auf und hielt ihr meinen Arm entgegen.

»Na komm! Der unvergessliche Abend beginnt genau jetzt.«

Seufzend hakte sie sich ein. Braves Mädchen!

***

Das konnte doch wohl nicht wahr sein! Ich hielt so viel Abstand zu Damian wie irgend möglich. Auf dem Weg zum Hotelsaal begrüßte er unzählige Gäste. Gentlemanlike wich er jedoch nicht von meiner Seite. Ich fühlte mich klein, vollkommen deplatziert. Was machte ich hier nur? Nein! Ich musste mich zusammenreißen. Schließlich konnte ich es mir nicht leisten, dass Damian unzufrieden wäre. Es könnte mich den Job in der Agentur kosten! Gute Miene zum bösen Spiel machen lautete hier die Devise, auch wenn ich mich am liebsten auf der Stelle übergeben hätte.

Ich setzte meine professionelle Maske auf und präsentierte mich als strahlende Begleiterin. Paparazzi tummelten sich im Bereich des roten Teppichs. Bevor wir diesen erreichten, versperrten ein älterer Mann und eine viel zu junge Frau uns den Weg. Damian blieb stehen, ich mit ihm. Er lachte, auch wenn das Lachen nicht seine Augen erreichte.

»Damian, mein lieber Junge, schön dich hier zu sehen. Eigentlich hätte ich mit deinem Vater gerechnet«, sagte der Mann und streckte Damian die Hand entgegen.

»Heute musst du mit mir vorliebnehmen, Paul. Mein Vater ist verhindert«, sagte Damian und erwiderte den Handschlag. Er war im Begriff, mich vorzustellen, als die Rothaarige das Wort ergriff. Nein, nicht das Wort, vielmehr griff sie nach Damians Hand. Wusste sie denn nicht, wie unhöflich das war? Wohl kaum, sie war mit Sicherheit keine zwanzig.

»Wir freuen uns, dass du hier bist!«, säuselte sie. Mir entging nicht, wie sie mit ihrem Daumen über seinen

Handrücken strich und ihm ein betörendes Lächeln schenkte. Damian befreite sich aus ihren Klauen und räusperte sich: »Das ist Catherina, sie ist ...«

Paul fiel ihm ins Wort. Hatten diese Menschen denn gar keine Manieren? Oder hatten sie nur keine Zeit, um jemand anderen ausreden zu lassen?

»Sie kommen mir bekannt vor, junge Dame.« Oh Gott! Schnell ging ich in Gedanken alle Männer durch, die ich in den letzten Wochen begleitet hatte. Um die fünfzig, braun gebrannt, grau meliertes Haar. Nein, ich kannte ihn nicht. Damian fiel mein Unbehagen auf.

»Möglich, Paul, Catherina leitet bei uns die Kinderanimation.«

Ich formte mit meinen Lippen ein Danke in Damians Richtung.

»Richtig! Ich habe einen Artikel über Sie und Ihren Bereich gelesen. Angeblich hat dein Vater eine mächtige Gewinnspanne mit diesem Pilotprojekt erzielt. Ich überlege, ob so eine Veränderung auch zu unserem Hotel passen würde.«

Aha, jetzt konnte ich mein Gegenüber zuordnen: Paul Claire, Gründer der Claire's Kette und Besitzer des Hotels, in dem wir gerade standen. Damian räusperte sich.

»Ich denke, es ist Zeit, an unseren Tisch ...« Schon wieder wurde er von dieser Rothaarigen unterbrochen.

»Oh, wie sozial du bist, dass du deine Angestellte zu so einem wichtigen Event mitnimmst.« Ihre herablassende Art versetzte mir einen Stich. Durfte sie zu dieser Zeit überhaupt noch wach sein? Das Sandmännchen lief bereits. Damians Reaktion war, mir seinen Arm um die

Taille zu legen und mich ganz nah an sich heranzuziehen. Da war er wieder, sein Geruch. Ich fühlte mich an seiner Seite geborgen. Hoppla, wie kam ich denn jetzt darauf?

Die Rothaarige wirkte sauer.

»Wie dem auch sei. Haben wir nicht ein tolles Event auf die Beine gestellt?« Diesmal zwinkerte sie ausnahmsweise Paul zu. »Die Blumendeko auf die Bistrotischen habe ich ausgesucht«, fügte sie stolz hinzu.

Damian und ich richteten synchron unseren Blick auf einen der Tische. Darauf stand eine kleine Vase, in der eine weiße Calla mit etwas Grün arrangiert war. Unverzeihlich! Wie konnte man diese wunderbare Blume so kürzen, nur um sie in eine derart kleine Vase zu pferchen? Meine Augen wanderten zu Damian, der offensichtlich ein Lachen unterdrücken musste, weil die Unbekannte wie ein Honigkuchenpferd strahlte. Endlich fand ich meine Stimme wieder.

»Sehr schöne Blumen. Welche sind das doch gleich?« Der Griff meines Begleiters um meine Taille wurde fester. Seine Mundwinkel zuckten belustigt.

Erstaunt über meine Frage hob die Rothaarige die Nase und schaute zu Paul. Der konnte ihr auch nicht aus ihrer misslichen Lage heraushelfen. Jep, sie hatte keine Ahnung.

»Das ist nicht wichtig! Hauptsache, sie sehen schön aus, nicht wahr, Schatz?«

Schatz? Mit diesem Wort war sie weg, die Hoffnung, sie wäre seine Tochter oder irgendein Familienmitglied. Er tätschelte ihr die Hand und sagte beschwichtigend:

»Da hast du recht, meine Süße. Apropos, ihr sitzt bei uns am Tisch. Ich hoffe, das stört euch nicht.« Er schenkte Damian ein aufgesetztes Lachen.

Na prima.

Damian löste sich von mir und reichte Paul die Hand. »Im Gegenteil, ich freue mich schon auf einen unterhaltsamen Abend.« Wir wandten uns zum Gehen, als Pauls Stimme noch einmal an mein Ohr drang.

»Catherina, wenn Sie sich nach etwas Neuem umsehen möchten, wenden Sie sich einfach direkt an mich.« Mit diesen Worten streckte er mir eine schwarze Visitenkarte entgegen.

Was meinte er denn damit? Zaghaft nahm ich sie entgegen. Pauls Kontaktdaten standen darauf. Im ersten Moment wusste ich nicht, was ich mit dieser Karte anfangen sollte.

Aua! Damians Finger bohrten sich in meine Hüfte und ich sah, wie seine Kiefer mahlten, ehe er mir einen eisigen Blick zuwarf. Oh ja, ich würde ihn ärgern.

»Danke«, sagte ich und verstaute die Karte in meiner Tasche. Nie würde ich auf Pauls Angebot eingehen, aber das musste mein Begleiter ja nicht wissen.

Unsanft zog er mich an der Hand durch den Vorsaal. Vorbei an der Presse, die uns in einem wilden Durcheinander hinterherschrie: »Herr Dennert, warum ist Ihr Vater heute nicht anwesend? Wer ist Ihre Begleitung? Welchem Club statten Sie heute einen Besuch ab? Oder gehen Sie brav nach Hause? Bitte ein Foto!«

Damian lief unbeirrt weiter, ohne sich ablichten zu lassen. Ach du meine Güte! Das war sein Leben? Endlich erreichten wir den Saal. Eine hübsche, groß gewachsene Tischdame führte uns an den ersten Tisch vor einer Bühne. Ich riskierte einen schnellen Blick zu den Nachbartischen, bevor ich mich aus Damians Griff befreite und ihn mit einem »Du tust mir weh« angiftete.

»Gut so«, war seine Reaktion.

Ich rieb mir die schmerzende Hand und schaute mich in dem weitläufigen Saal um. Alles war in sterilem Weiß gehalten. Stoffservietten und Besteck, das auf ein Vier-Gänge-Menü hinwies, waren akkurat drapiert. Weiße und einzelne rote Callas schmückten den Saal, eine völlig falsche Blumenwahl. Damian ließ sich auf seinen Platz sinken und fuhr sich mit der Hand durchs Haar. Erst jetzt hatte ich Zeit, ihn etwas genauer zu betrachten. Ich hätte nicht gedacht, dass die Kombination aus Damian und Frack ein so stimmiges Gesamtbild ergeben würde. Sein Haar war nach hinten gegelt, aber es sah nicht schmierig, sondern sehr elegant aus. Seine blauen Augen blickten finster drein, was mir einen Stich versetzte und mich zum Nachdenken brachte, ob das mit der Visitenkarte so schlau gewesen war.

Egal, zu spät.

Ich ging um den Tisch herum, um zu sehen, wer noch alles bei uns sitzen würde. *Dennert* stand auf Damians Schild. Neben ihm stand *Begleitung*, die dann wohl ich war. Neben mir stand *van Doost* genauso wie an dem Platz daneben. Van Doost? Unmöglich!

Ich ging weiter. *Claire, Kristoffer,* daneben *Begleitung.*

Claire, Paul und *Sonja* direkt neben Damian machten unseren Tisch komplett. Zweifelsohne hatte diese Rothaarige namens Sonja ihre Finger bei der Sitzordnung im Spiel gehabt. Mürrisch ließ ich mich auf meinen Platz sinken und verschränkte die Arme vor der Brust. Mittlerweile hatte ich wieder Damians Aufmerksamkeit.

»Du sitzt neben Sonja?«, fragte ich mit hochgezogener Braue.

Sichtlich verblüfft über meine Frage raunte er: »Wer zum Teufel ist Sonja?«

Mit einem unechten Lächeln antwortete ich: »Sonja – Pauls Frau, Freundin, Gespielin.« Ich wedelte bei diesen Worten mit meiner Hand herum. »Such dir was aus.«

Damian brauchte ein wenig, um meine Worte zu verstehen, dann formte er seine Augen zu Schlitzen und setzte ein schiefes Lächeln auf.

»Möchtest du vielleicht die Plätze tauschen? Dann könntest du neben deinem neuen besten Freund Paul sitzen, ihr versteht euch ja offensichtlich ausgezeichnet.«

Ach, shit! Ich durfte ihn doch nicht verärgern. Ich erinnerte mich an etwas.

Okay, Cat, bring es hinter dich. Ich beugte mich vor und küsste ihn. Auf die Wange.

»Danke, dass ich dich hierher begleiten darf.«

Bevor er was erwidern konnte, wurden wir von jemandem unterbrochen, der Damians Namen rief. Wir drehten uns um und ein sehr attraktiver Mann in Begleitung einer gut proportionierten Brünetten trat an den Tisch. Damian verdrehte die Augen. »Dein Timing ist echt beschissen, Kriss!« Seine Begleitung würdigte er keines Blickes.

Wie höflich Damian doch sein konnte. Ob der Kerl mich genauso nett begrüßen würde? Umso überraschter war ich, als Damian mich formvollendet vorstellte. Kriss beäugte mich von oben bis unten.

»Catherina, es freut mich, dich kennenzulernen. Warum hat mir Damian noch nichts von dir erzählt?«

Damians Köperhaltung war abwehrend, sein Blick sprach Bände.

»Kann es sein, dass wir uns kennen? Du kommst mir so bekannt vor.« Oh Gott! Nicht schon wieder …

»Nein, du kennst sie nicht«, presste Damian zwischen zusammengebissenen Zähnen hervor. Beide Männer fochten einen stummen Kampf aus, aus dem ich mich lieber heraushielt. Stattdessen ging ich zu Kriss' Begleitung und stellte mich vor. Verwundert schenkte sie mir ein aufrichtiges Lachen, als sie sagte: »Betty, ich heiße Betty.«

Betty? Bei genauerem Betrachten musste auch ich mich fragen, ob mir diese Betty nicht bekannt vorkam.

Der Saal hatte sich inzwischen gefüllt, nur die Plätze an unserem Tisch waren noch frei. Wir setzten uns, als die großen Saaltüren geschlossen wurden. Paul, Sonja, Herr und Frau van Doost durchquerten den Mittelgang zu unserem Tisch. Tatsache! Herr van Doost – der gefürchtetste Hotelkritiker, den die Gastronomiebranche je gesehen hatte. Seine Bewertung machte ein Hotel berühmt oder dem Erdboden gleich. Erschrocken griff ich nach Damians Hand, die auf seinem Oberschenkel lag. Es brachte mir einen fragenden Blick ein.

»Was ist? Willst du jetzt, wo das Licht ausgegangen ist, etwa kuscheln?«

Ich verdrehte die Augen und boxte ihm in den Oberschenkel.

»Sorry, Babe, auf SM steh ich nicht sonderlich.«

Babe?

»Nein, du Blödmann, weißt du eigentlich, wer das ist?« Damian lächelte mich an.

»Paul hat gern alles unter Kontrolle, wenn du verstehst.«

Ich verstand. Ganz nach dem Motto: Widme dich deinen Freunden und deinen Feinden erst recht.

Van Doost und seine Frau nahmen Platz und begrüßten uns mit einem stummen Nicken. Er war klein, sein Bauch etwas runder und mit seiner tief sitzenden Brille und dem grauen Haar erinnerte er mich eher an einen strengen Mathelehrer als an den, der er nun einmal war.

Seine Frau war das genaue Gegenteil von ihm: Ihr Lachen kam von Herzen, es war einfach ansteckend. Die blonden Haare hatte sie gekonnt hochgesteckt und ihr dunkelblaues Kleid schmiegte sich sehr stilvoll an ihren zierlichen Körper. Sonja, die es anscheinend nicht abwarten konnte, sich neben Damian zu positionieren, rückte ihren Stuhl an seine Seite. Damian fiel es nicht auf, da er der Eröffnungsrede von Paul aufmerksam folgte. Nach einigen Minuten beendete Paul seinen Wortschwall endlich, erinnerte die Gäste an eine Auktion und wünschte uns einen guten Appetit.

***

Ich hätte sie erwürgen können! Wie hatte sie nur seine Visitenkarte annehmen können? Ich sollte ihr eine Gabel durch die Hand rammen. Dieses Weib machte mich einfach wahnsinnig! Im einen Moment würde ich sie am liebsten umbringen, im nächsten sie vögeln.

Cat unterhielt sich prächtig mit Frau van Doost. Immer wieder lachte eine von ihnen auf und der Weißwein floß nur so dahin. Es freute mich, dass ich ihr einen angenehmen Abend bereiten konnte.

Moment, seit wann interessierte mich denn so was? Unsere Tischgenossen langweilten mich und gingen mir auf den Sack. Wortwörtlich! Pumuckl unterhielt sich mit Paul, ließ jedoch ihre Hand unter dem langen Tischtuch verschwinden. Ziel – meine Eier. Ich hätte wissen müssen, dass das tête-à-Tête mit ihr mich noch einiges kosten würde. Warum konnte es nicht Cats Hand sein? Wie gerne mein Schwanz sich von ihr hätte massieren lassen, signalisierte er mir prompt, indem er hart wurde. Blitzschnell ergriff ich die Hand der Rothaarigen, die unter keinen Umständen auf falsche Gedanken kommen durfte. Ich beugte mich zu ihrem Ohr.

»Kraul deinem Freund die Eier und nicht mir. Das letzte Mal war es nicht sonderlich gut, das musst du nicht wiederholen.«

Der Schreck stand ihr ins Gesicht geschrieben. Egal. Als ich zu Cat hinübersah, warf sie mir einen undefinierbaren Blick zu.

Das Essen verlief ohne weitere Vorkommnisse, und Müdigkeit beschlich mich. Ich faltete meine Hände vor dem Mund und beobachtete, wie Cat an ihrem Weißwein nippte. Dann strich sie sich mit der Zunge einen Tropfen Wein von der Oberlippe. Mein Schwanz zuckte.

Jetzt betrat Paul wieder die Bühne.

»Meine verehrten Gäste, es ist Zeit für unsere Auktion. Wie Sie wissen, unterstützen wir bei jedem Ball eine ausgewählte Hilfsorganisation. Meine Familie …« – er zeigte auf unseren Tisch, Cat und ich duckten uns reflexartig – »… und ich spenden regelmäßig. Ich würde Sie bitten, Ihre Geldbeutel zu zücken und ebenfalls zu helfen. Meine liebe Sonja hat aus unzähligen bedauerlichen Schicksalen eines ausgewählt – ein Mädchen, das ein wahrlich schweres Los zu tragen hat. Sie wird am heutigen Abend im Namen aller Kinder, die Ihre Hilfe und finanzielle Unterstützung brauchen, zu uns sprechen.«

Die Gäste begannen zu klatschen, wodurch die Rothaarige sich bestätigt fühlte und ihre Hand zum Winken erhob.

»Meine sehr verehrten Damen und Herren, hier ist sie, Carlotta! Und ich glaube, sie hat uns etwas mitgebracht.«

Mir war das kleine Mädchen zuerst gar nicht aufgefallen, das man nun unsanft hinter der Bühne hervor schubste. Die Kleine war vielleicht sechs Jahre alt. Sie trug ein weißes, weit ausgestelltes Kleidchen mit passenden weißen Schuhen. Ihr Gesicht wurde von wunderschönen dunkelbraunen Locken eingerahmt, die ihr bis zur Schulter reichten und in denen eine große weiße Haarschleife steckte. Sie hatte einen südländischen Touch, unterstrichen durch ihre olivfarbene Haut und ihre dunklen Augen. Man konnte sich in dieses zuckersüße Mädchen verlieben. Sie hielt einen Zettel an ihre

Brust gedrückt und zitterte wie Espenlaub, als ein greller Lichtkegel auf sie fiel. Mein Blick flog zu Cat, die wie gebannt da saß und sich am Tisch festklammerte. Paul versuchte, das Mädchen zu sich zu winken. Keine Chance! Das Tuscheln der Leute wurde unerträglich, was auch Paul zu bemerken schien.

»Nun geh schon, du Göre!«, schimpfte der Rotschopf neben mir.

Das brachte das Fass an unserem Tisch zum Überlaufen. Cat fauchte Pumuckl an, wo denn die Mutter der Kleinen sei. Die Rothaarige, die über Cats Dreistigkeit, sie anzusprechen, verblüfft war, zuckte nur mit den Schultern. »Irgendwo draußen vor dem Hotel.«

Das Entsetzen in Cats Augen sprach Bände. Pumuckl hob nur die Hände, und sagte: »Mein Gott, wo hätte ich denn die Mutter noch hinsetzten sollen? Alle Stühle sind belegt. Sie ist Spanierin und kann sich nicht verständigen. Wir brauchen nur das Kind. Ihre Geschichte ist es doch, weshalb die Leute spenden sollen.«

Paul begann unterdessen wieder zu reden, um die unruhige Meute zu besänftigen. Es ruckelte am Tisch und dann sah ich nur noch Cats Rückseite, als sie sich auf den Weg zur Bühne machte. Die Wut stand ihr förmlich ins Gesicht geschrieben.

Sie streifte sich ihre Pumps vom Fuß, den einen schleuderte sie in unsere Richtung, dabei verfehlte sie den Kopf meiner Tischnachbarin nur um Millimeter. Empört schnappte diese nach Luft. Ehe ich ihre nervtötende Stimme wieder hören musste, packte ich sie am Arm und fauchte: »Halt deine vorlaute Klappe!«

Mit erhobenem Kinn blickte sie zur Bühne, wo Cat bereits auf der letzten Treppenstufe saß und sich mit Carlotta unterhielt. Leider konnten wir im Saal nichts davon verstehen, bis einer von Pauls Mitarbeitern reagierte und ein Mikrofon brachte. Im Saal war es mucksmäuschenstill, alle verfolgten die Szene an der Bühne.

Cat begann auf Spanisch in das Mikrofon zu sprechen und übersetzte darauf geistesgegenwärtig für alle anderen. Sie fragte Carlotta, ob sie sagen könne, warum sie hier sei. Sofort plapperte die Kleine drauflos, ohne der Menschenmenge auch nur einen Blick zu schenken, sie konzentrierte sich voll und ganz auf Cat. Da ich ebenfalls Spanisch sprach, konnte ich verstehen, was Carlotta sagte: »Meine Mama hat gesagt, dass ich krank bin. Ich habe ein Meerestier in mir.«

Sie hielt kurz inne, als Cat ihren Zeigefinger auf die Lippen legte und überlegte, bis sie die Worte der Kleinen verstand. Sie übersetzte Wort für Wort und erklärte: »Mit Meerestier meint die Kleine Krebs.«

Mein Blick flog durch den Saal. Einige senkten ihre Köpfe, andere hielten sich entsetzt die Hand vor den Mund, wieder andere reagierten, als hätten sie nichts damit zu tun. Eine schöne Welt, in der wir hier lebten. Cat übersetzte »Krebs« auch an Carlotta, die nur mit einem »Sí« antwortete und ihren Kopf senkte. Nach einer kurzen Pause sprach sie weiter: »Ich bin mit Mama hierher gekommen, weil man mir hier besser helfen kann. Ich musste meine ganzen Spielsachen zuhause lassen und meinen Papa auch! Papa muss nämlich arbeiten, damit wir Geld für meine Medizin haben.«

Cat schien es immer schwerer ums Herz zu werden, was man ihrer Übersetzung anmerkte.

»Jetzt lebe ich mit Mama hier, in einem Krankenhaus und habe auch schon neue Freunde gefunden. Sie sprechen zwar nicht die gleiche Sprache wie ich, aber das Spielen klappt trotzdem!«

Und da war es, das erste kleine Lachen, das Carlotta uns schenkte, als Cat mit ihrer Übersetzung fertig war. Durch die hellen Scheinwerfer sah ich, wie sich Tränen in Cats Augen sammelten, als die Kleine ihr etwas ins Ohr flüsterte. Cat reagierte sofort, indem sie sie in die Arme schloss und fest an sich drückte. Jetzt liefen ihr doch die Tränen über die Wangen und sie schämte sich nicht dafür. Als sie sich von Carlotta löste, wischte sie sich jedoch unbemerkt über die Augen und begann zu übersetzen: »Sie hat mich gefragt, ob es wahr ist, was ihre Mama einmal zu ihr gesagt hat.« Sie hielt inne und holte tief Luft, bevor sie weitersprach: »Ihre Mama hat gesagt, dass sie ihre schönen Locken verlieren und wahrscheinlich bald keine Haare mehr haben würde. Aber das sei ihr egal, wenn sie nur weiterleben könne.« Cat räusperte sich kurz und fuhr fort: »Carlotta wollte von mir wissen, ob sie auch ohne Haare hübsch wäre. Sie würde sich nicht trauen, ihre Mama danach zu fragen.« Jetzt musste auch ich schlucken, so wie einige hier im Raum. Cat küsste die Kleine auf die Stirn und sagte: »Egal ob mit Haaren oder ohne – du bist das tapferste und hübscheste Mädchen, das ich jemals kennenlernen durfte. Wahrscheinlich tapferer als manch einer hier im Saal.« Sie schaute einen kurzen Moment zu mir. Es traf mich wie ein Fausthieb.

»Du bist hier drinnen hübsch«, sagte sie und legte ihre Hand auf Carlottas Herz.

»Lass dir von niemandem etwas anderes einreden, versprochen?«

Die Kleine lächelte und nickte. Ein Moment der Stille erfüllte den Saal, bis Paul wieder seine Worte fand.

»Ergreifend, wirklich ergreifend, und wie Sie selbst sehen konnten, benötigen wir Ihre Unterstützung. Öffnen Sie Ihre Herzen und Ihre Geldbeutel!«

Cat schenkte ihm einen mordlüsternen Blick, bevor sie die Kleine fragte, ob sie bereit sei, den Zettel zu zeigen, den sie immer noch fest umklammert hielt. Im Gegenzug versprach Cat ihr ein großes Eis, worauf Carlotta prompt reagierte und ein selbst gemaltes Bild von sich und ihren Freunden als Strichmännchen im Krankenhaus zeigte. Sie erklärte, welcher Name zu welchem Männchen gehörte, und Cat pflichtete ihr bei, dass es ein tolles Bild sei.

»Also, meine Damen und Herren, dieses Bild können Sie jetzt ersteigern. Ich werde mit gutem Beispiel vorangehen und eröffne mit zehntausend. Wer bietet mit?«

Aus allen Richtungen wurde nun geboten. Cat hob Carlotta auf den Arm und hielt mit ihr das Bild in die Höhe. Beide Mädchen hatten ihr Lachen wiedergefunden. Cat lachte aus vollstem Herzen. Das Bild brannte sich in mein Gehirn ein. Cat mit einem kleinen Mädchen auf dem Arm, lachend, glücklich!

Die Stimmung war gelöst, selbst Kriss und van Doost boten mit. Inzwischen war man bei 400.000 Euro angekommen, aber nun geriet es ins Stocken. Paul ergriff das Wort.

»Ich biete eine halbe Million«, gab er großspurig von sich und erhielt sofort tosenden Applaus. Das hatte er sicher nicht wegen des guten Zwecks, sondern nur des Applauses wegen gesagt. Mein Blick wanderte zu Cat, der das Grauen ins Gesicht geschrieben stand.

Verdammt, tu was, Damian!

»Eine Million!« Der Applaus verstummte, ein Raunen ging durch den Saal. Paul fragte verblüfft noch einmal nach: »Bitte was? Wie viel habe ich da gehört?«

Um meinem Gebot Nachdruck zu verleihen, stand ich auf, sodass mich alle im Saal sehen konnten. »Ich biete eine Million«, antwortete ich unbekümmert. Pauls Blick wurde kälter, je länger er mich betrachtete.

»Nun gut … Bietet jemand mehr?«

Warum bot er selbst nicht weiter?

»Eine Million zum Ersten. Eine Million zum Zweiten und eine Million zum … Dritten. Verkauft!« Man sah Paul an, wie sauer er war, diesmal die Lorbeeren nicht einheimsen zu können, als er mich auf die Bühne bat. Applaus und Jubelschreie setzten ein.

Cat flüsterte Carlotta etwas ins Ohr und als ich mein ersteigertes Bild entgegennehmen wollte, hüpfte die Kleine von Cats Arm auf meinen und drückte mir einen dicken Kuss auf die Wange. Hilfe, was war denn das? Cat nickte nur zustimmend, lächelte und klatschte.

Wieder an unserem Tisch angelangt, zog Cat etwas aus ihrer Handtasche und legte es auf Pauls Platz, der gerade dabei war, sich zu setzen.

»Die können Sie behalten«, verkündete sie so laut, dass jeder am Tisch es hören konnte. Sie drehte sich um und bedeutete Carlotta, auf ihren Arm zu kommen. Sie schaute mir tief in die Augen.

»Ich gehe jetzt mein Versprechen einlösen. Ein großes Eis für diese tapfere junge Dame.« Carlotta strahlte bis über beide Ohren, weil sie das Wort Eis verstanden hatte. Ich wollte mich auch in Bewegung setzen.

»Allein!«, sagte Cat und ließ mich stehen. Die Leute, die wieder in ihre Gespräche vertieft waren, hielten inne, als Cat mit der Kleinen auf dem Arm durch den Mittelgang schritt. Standing Ovations setzten ein, die die beiden in Richtung Ausgang begleiteten.

Kapitel ❧ 10 Catherina und Damian

Das erste Mal

Mein Gott, war ich sauer! Ich trug die kleine Carlotta zur Bar, wo Tobi Gläser polierte. Er schenkte mir ein verblüfftes Lächeln, während ich die Kleine auf dem Tresen absetzte.

»So früh schon wieder da? Scheint ja nicht sonderlich interessant gewesen zu sein«, flachste er.

»Doch! Es war sehr aufschlussreich.«

Ich hatte nämlich festgestellt, dass ich nicht in diese Welt der Reichen und Schönen passte. Ich konnte meine Augen nicht vor dem Offensichtlichen verschließen, so wie es alle anderen in dem Saal getan hatten, als dieses kleine Mädchen zitternd auf der Bühne gestanden hatte.

»Tobi, richtig?«

Er nickte.

»Diese junge Dame hier bekommt den größten Eisbecher, den ihr zu bieten habt. Mit einer doppelten Portion Sahne und ganz vielen bunten Zuckerstreuseln.«

Er unterbrach sein Polieren. »Kommt sofort!«, sagte er und zeigte wieder sein Aufreißerlächeln.

»Warte! Ich bekomme einen Schnaps.«

Verwundert sah er mich an.

»Sicher?«

Ich nickte.

»Und schreib alles auf Zimmer 405.«

Ja, es war verantwortungslos, in der Gesellschaft von

Kindern zu trinken, weshalb ich mich nur auf ein Schnäpschen beschränkte. Der ganze Wein zum Essen vernebelte mir bereits die Sinne. Argh! Ich brauchte einfach ein Ventil. Als Carlotta ihr Eis geschafft hatte, rieb sie sich den Bauch und gab einen Sättigungslaut von sich. Danach machten wir uns auf den Weg zu ihrer Mutter. Ich mochte die Frau auf Anhieb. Wir tauschten unsere Kontaktdaten aus, und ich begab mich leicht schwankend zurück zur Bar. Beim besten Willen hatte ich keine Lust mehr auf diese Veranstaltung. Allerdings war ich für die nächste Stunde vertraglich noch an Damian gebunden. Es nützte also nichts, ich musste warten.

Puh! Wie lange hatte ich keinen Alkohol mehr getrunken? Drei Jahre? Hey! Meine Möse und meine Leber konnten sich gegenseitig gratulieren. Ich musste kichern.

»Tobiii, komm mal her«, säuselte ich vor mich hin, als der brave Bub die nächste Runde Schnaps und einer Weinschorle auf den Tresen stellte.

»Guter Junge«, lobte ich ihn und schüttete mir den Alkohol in den Hals. Wow! Der brannte aber. Mein Blick verschleierte sich, der Raum begann sich zu drehen.

»Wenn du heute nichts anderes vorhast, als dich zu betrinken – ich habe gleich Feierabend. In meinem Kühlschrank befindet sich noch eine große Flasche Wodka«, hauchte mir Tobi über die Bar gelehnt zu. Ich roch seinen Pfefferminzatem und bei Gott, unter anderen Umständen wäre ich sogar auf sein Angebot eingegangen. Da positionierte sich eine Hand auf meinem Rücken und bewahrte mich vor einem Sturz vom Barhocker.

»Sie hat genug!«, fauchte die Stimme zur Hand Tobi an.

»Es dreht sich, es dreht sich«, sang ich vor mich hin. Und dann verlor ich die Kontrolle über meinen Kopf, er prallte mit einem dumpfen Knall auf den Tresen. Auaaa!!! Wichtigste Regel beim Betrunkensein: Schließe niemals die Augen! Egal wo dein Kopf herumliegt.

»Verschwinde, Tobi! Es sei denn, du willst morgen in einer Fastfood-Kette Pommes verkaufen.« Damian giftete diesen braven Jungen an, als ob er was dafür könnte, dass ich Karussell fuhr.

»Hast du eine Jacke?«

Blitzschnell erhob ich meinen Kopf und stieß beinahe mit seinem Kopf zusammen. »Hihi, das hätte einen Knall gegeben ...« Ich hob meinen Zeigefinger in die Luft, sodass ich nur um Haaresbreite Damians Nasenloch verfehlte. Er schüttelte belustigt den Kopf.

»Waas warr deine Fraage, bevoor ich dirr beinahee ein Piercciing verpasst hättee, HÄÄÄ?«

»Hast du eine Jacke?«

»Jaaaa, ik hab sogarr ganzz vieele ... hicks ... blauu, weißßß, schwarzzz und ...«, ich hielt meinen Zeigefinger wieder nach oben. Instinktiv wich Damian einen Schritt zurück. »Eine rrrote hab ik auch ... hicks! Apropopopos ... ups«, ich kicherte. »Ein po zu viel ...« Der Raum bewegte sich nach rechts, ich steuerte dagegen. »Rrrot, gutes Stichwort! T-Tobiii, habt ihr einen roten Wein, also Rotwein? Ha, ha, hastee verstanden, den Witz?« Hicks.

Damian schnaubte und half mir vom Barhocker. Er

hielt mich so fest an sich gedrückt, dass ich keine Beine mehr zum Laufen brauchte. Wie praktisch! Schwebend kam ich am Ausgang an und riskierte einen kurzen Blick in sein Gesicht. Abrupt senkte er die Lider und schenkte mir ein warmes Lächeln. Eine Wand aus heißer Luft empfing uns vor dem Eingang. Ich torkelte. Damian ließ mich nicht los.

Wir warteten auf seinen Wagen. Ich musste irgendwas sagen, um diese Situation, in der ich mich an sich sehr wohlfühlte, zu beenden. Ein letztes Mal sein Parfüm riechen, dann geht es los … Hmmmm …

»Dein Parfüüm riecht so gut! Kann ik mir das mal ausleiihen?«

Verwundert blickte er mich an. Erst jetzt bemerkte ich, dass ich Blödsinn geredet hatte. »Ik meine, haast du einee Ziegrettee?«

Jetzt sah er wirklich perplex aus.

»Seit wann rauchst du denn?«

Gerade noch fähig, eine Schulter nach oben zu ziehen, säuselte ich: »Es giiebt immer und für alles ein erstes Mal!«

Er lachte auf.

»Da hast du recht!«

***

Ich schaffte es, sie unbeschadet in meinen Zweisitzer zu manövrieren. Sie rollte sich auf dem Sitz zusammen und hielt ihre Augen geschlossen.

»Wo wohnst du?« Betrunkene musste man gar nicht erst mit langen Fragen konfrontieren.

»Zuuhausee.«

Okay, andere Strategie.

»Gut, wir fahren zu mir.«

Ich hörte schon die Zahnräder in ihrem Kopf arbeiten, sie ließ sich für ihre Antwort extrem viel Zeit. Dann brachte sie schließlich nuschelnd ihre eigene Adresse hervor. Sieh mal einer an. Ein kleiner Vertrauensbeweis. Wie sie wohl reagieren würde, wenn ich meine Hand auf ihren nackten Oberschenkel legen würde? Ihr Kleid war etwas zu weit nach oben gerutscht, was mehr Haut entblößte, als sie wahrscheinlich beabsichtigte. Scharf.

Nein, Damian! Meine Hand blieb auf dem Schaltknüppel. Tausend Fragen schossen mir durch den Kopf. Ich entschied mich für eine, mit der ich vermutlich am wenigsten kaputt machen würde: »Warum liegen dir Kinder so am Herzen?«

Ob es etwas mit ihrer eigenen Kindheit zu tun hatte?

Sie sah mich mit verschleiertem Blick an, und ich machte mich darauf gefasst, keine Antwort zu bekommen.

»Kinner könn nichts füür die Welt, in der wir leeben. Sie sind NICHT voreingenommen. Ihnen issses eegal, mit wem oder mit was sie spielen könn. Hauptsache, sie ham Spaß! Jeedes Kind hattes verdient, eine Ssukunft zu haaben, in der es geliebt, behütet oder zumindest toll-leriert wird! Ein Kind kann für alles nixxx …«

Sie fuchtelte wild mit ihren Händen herum, um ihren Worten Gewicht zu verleihen.

Ich dachte eine Weile darüber nach, und eine angenehme Stille breitete sich im Wagen aus. Verdammt,

Damian, achte auf die Straße! Mein Blick fiel auf den Beifahrersitz. Cat wurde von den vorüberziehenden Laternen wechselweise in sanftes Licht getaucht. Sie hatte ihren Kopf an die Scheibe gelehnt, ihre Hand lag dicht neben dem Schaltknüppel, sodass es ein Leichtes gewesen wäre, sie zu berühren.

»Pe-ech«, sagte sie plötzlich und schnaubte tief aus.

»Was meinst du mit Pech?«

»Ik meine das Pe-ech, dass ich dir gleich ins Auto kotze und du viiiel mehr für dein Geld kriegst als manch anderer.«

Reflexartig riss ich das Lenkrad etwas zu schnell herum, wir kamen von der Fahrbahn ab. Als ich den Wagen wieder unter Kontrolle hatte, schaute ich zu ihr: »Wenn du dich übergeben musst, dann halte ich an, verdammt!«

Sie lachte auf. »Männer und ihre Autooos … Mach ma halblang, war nur ein Wiiitzzz!«

Na toll, bescheuerter Witz. Aber gut, sie wollte mich wohl ärgern, das konnte ich auch: »Wenn wir schon beim Thema Männer sind – warum arbeitest du für diesen Begleitservice?«

Wie aus der Pistole geschossen antwortete sie: »Das geht dich gaaar nixxx an!«

Ich umklammerte das Lenkrad fester – ich musste es wissen …

»Ist es wegen Geld? Damit du dir teure Schuhe und Taschen kaufen kannst?«

Ihre Finger verknoteten sich ineinander.

»Ist es, weil du gern mit anderen schläfst und damit noch Kohle machst?«

Jetzt lächelte sie gezwungen und schüttelte unmerklich den Kopf. Warum konnte sie nicht antworten?

»Denk doch, was duuu willst«, gab sie schließlich flüsternd von sich.

Das Navi signalisierte mir, dass wir gleich da waren.

»Deine Eltern sind bestimmt sehr stolz auf dich!«, setzte ich noch einen drauf.

Es funktionierte, sie warf mir einen tödlichen Blick zu und schrie mich an: »Duuu weißt üüüberhaupt nichts von meinen Eltern, und es geht diich auch nix an!«

Ich parkte das Auto bei der genannten Adresse.

»Ich bekomme nich alles auf einem Silbertablett serviert so wie duuu!«

Ich wollte nach ihrer Hand greifen, um sie zu besänftigen, doch sie drehte mir wütend den Rücken zu und stieg aus. Na ja, eher flog sie aus dem Auto, bevor sie die Tür ins Schloss knallte. Mit einem ironischen Lächeln sagte sie: »Danke für den unvergesslichen Abend« und torkelte davon.

Nein, die Zeit war noch nicht rum. Zehn Minuten hatte ich noch und die würde ich zum Teufel auch nutzen! Ich folgte Cat in einen Plattenbau, in dem schätzungsweise hundert Briefkästen angebracht waren. Ich hatte so ein Gebäude noch nie betreten. Welcher Stock? Ich schaute die Briefkästen durch, bis ich ihren Namen im zweiten Stock entdeckte. Bingo. Schnellen Schrittes nahm ich die Treppe nach oben und sah, wie Cat sich bemühte, ihren Schlüssel ins Schloss zu bringen. Sie bemerkte mich nicht, als ich mich an sie heranschlich und mich mit meiner Schulter an die Wand lehnte. Der

Schlüssel fiel zu Boden. Ihr Kopf sank gegen die Tür und ich vernahm ein weinerliches: »Arschloch!«

»Wer? Der Schlüssel oder ich?«

Erschrocken hob sie den Kopf, presste eine Hand aufs Herz und atmete ein paar Mal tief ein und aus, als sie bemerkte, dass ich es war. »Verflucht! Kannst duu mich nicht in Ruhe lassen?«

Ich stieß mich von der Wand ab, hob ihren Schlüssel auf und sperrte die Wohnungstür auf.

»Um ehrlich zu sein, gehörst du noch ganze sieben Minuten mir, und ich habe nicht vor, diese kostbare Zeit zu verschenken.«

Verblüfft verschränkte sie die Arme vor der Brust und sagte plötzlich fast nüchtern: »Und wie kommst du auf den Gedanken, dass ich dich in meine Wohnung lasse?«

»Babe, ob du mich lässt oder nicht … Ich gehe hinein.«

Die Wohnung war dunkel. Cat stapfte wütend hinter mir her und fauchte: »Nenn mich niiie wieder Babe! Ich bin kein sprechendes Schweinchen!«

Ich drehte mich um und sah ihre Silhouette, die sich vor dem Licht aus dem Treppenhaus klar absetzte. Schnell packte ich sie an ihren Handgelenken und schob sie gegen die Eingangstür, die sich auf diese Weise hinter ihr schloss. Dunkelheit hüllte uns ein. Nur das schwache Laternenlicht, das durch ein Fenster fiel, ließ mich ihre Konturen und einen Teil ihrer Augen erkennen. Sie kämpfte schon wieder! Wann würde sie diesen Blick endlich verlieren? Mein Körper presste ihren gegen die Tür und ich registrierte, wie sich das Blut in meinem Lendenbereich sammelte. Ihr Körper war angespannt, heiß und er reagierte auf meinen. Na bitte!

Ihr Atem ging stoßweise und ich hätte schwören können, dass ihre Nippel sich mir gerade in ihrer vollen Größe entgegenstreckten. Wieder sah ich ihr in die Augen. Sie drehte den Kopf zur Seite. Scheiße, das war wie ein Stich ins Herz. Ich bildete mir das alles doch nicht ein! Diese sexuelle Anziehungskraft war definitiv vorhanden! Ich hielt ihre Handgelenke mit einer Hand fest, mit den Fingerspitzen der anderen strich ich ihren Arm empor, was ihr eine Gänsehaut bereitete. Meine Nasenspitze wanderte ihre Schulter entlang, bis ich zu ihrer Halsbeuge stieß. Kurz innehaltend, atmete ich zum wiederholten Male ihren unverkennbaren Duft ein. Ihr Körper bebte und ich genoss es, wie sich diese kleine Berührung auf sie auswirkte. Mein Schwanz war so hart, dass es mich schier unmenschliche Kraft kostete, ihr nicht die Kleider vom Leib zu reißen und sie gegen diese verfickte Tür zu vögeln.

Ich ließ meine Nasenspitze eine Weile hinter ihrem Ohr verharren, dann fuhr ich mit der Zungenspitze sanft ihr Ohrläppchen entlang. Sie seufzte, der Widerstand war gebrochen. Schnell umfasste ich ihr Kinn mit Daumen und Zeigefinger und drehte es zu mir. Ihr Blick war verschleiert, ihr Mund stand leicht offen und ihre Brust hob und senkte sich genauso schnell wie meine.

»Kämpfe nicht gegen mich«, hauchte ich ihr zu und legte meine Lippen auf ihre.

Sie küsste mich zaghaft zurück. Ein Knurren entfuhr mir, als sie anfing, ihre Lippen zu bewegen und mit meinen zu spielen. Ihre Zunge war warm, weich und schmeckte nach mehr! Viel mehr! Mit leicht kreisenden Bewegungen wurde der Kuss intensiver und fordernder. Sie ließ ihre Zungenspitze über meine Oberlippe gleiten. Genug! Ich musste wieder die Kontrolle übernehmen.

Sie schmeckte so gut nach Zitronenbonbon und Wein. Wie in Trance fanden sich meine Hände unter ihrem Po und hoben sie hoch. Wir lösten uns nicht voneinander. Sie schlang mir ihre Beine um die Hüfte und ich presste sie mit meinem Körper gegen die Tür. Meine Hand wanderte ihren Innenschenkel entlang … Sie löste unseren Kuss, um Luft zu holen. Endlich hatte ich sie so weit! Du gehörst mir!

Außer Atem hauchte sie: »Ich bin betrunken!«

Verflucht! Sie hatte recht. Dieses Biest. Sie nur zu ficken, reichte mir mittlerweile nicht mehr aus. Ich wollte sie nüchtern, ich wollte, dass sie mich mit all ihren Sinnen spürte, dass sie sich mir freiwillig ergab. Ich setzte ihren bebenden Körper auf den Boden und löste mich nur schweren Herzens von ihr. Ihr fragender Blick machte mir zugleich ein schlechtes Gewissen.

»Die Zeit ist um«, sagte ich.

»Ist das jetzt ein Witz von dir?«

Ich schüttelte beschämt den Kopf.

»Okay, auch wenn ich mich jetzt total erniedrige … aber biiitte schlaf mit mir!«, hauchte sie mir auf die Lippen und schlang ihre Arme um meinen Hals.

Fuck! Mein Schwanz schrie »Jaaa«. Mein Kopf schrie »Nein!«. Seit wann war ich denn zum Apostel mutiert? Wenn sie wieder nüchtern wäre, würde sie es auf den

Alkohol schieben und es bereuen. Nein, das durfte auf keinen Fall passieren. Hier ging es nicht um eine schnelle Nummer. Eher um eine lange und genüssliche …

»Nein, Catherina«, hörte ich mich also sagen. Ich Volldepp! Schnell verließ ich ihre Wohnung und ließ sie im Dunkeln stehen. Zum ersten Mal in meinem Leben bereute ich es, diesmal kein Arschloch zu sein.

***

Zwischen meinen Beinen sammelte sich eine Hitze, die ich nicht in Worte fassen konnte. Mein Körper war bis zum Zerreißen angespannt, voller Vorfreude erwartete ich seinen muskulösen Körper. Ein Ausdruck stand in seinen Augen, der puren Sex signalisierte. Ich merkte, wie sein harter Schwanz sich gegen meinen Bauch presste, während er meine Hände gegen die Tür drückte und seine Fingerspitzen über meinen Arm gleiten ließ. Wie brachte er das nur fertig? Eigentlich wollte ich ihn doch hassen? Hmm, er roch so gut!

Ich konnte ihm nicht mehr in die Augen blicken, da ich Angst hatte, er könnte sehen, wie mich diese Situation antörnte. Meine Knospen waren so hart, dass ich mich danach sehnte, dort berührt zu werden. Sein Kuss war atemberaubend, sein Dreitagebart strich dabei über mein Kinn, was mich noch mehr anstachelte. Gerade als ich seine Finger schon zwischen meinen Beinen spüren konnte, zog er sie ruckartig zurück und sagte: »Die Zeit ist um.«

Erschrocken und mit Tränen in den Augen schnellte ich nach oben. Zwischen meinen Brüsten rannen einzelne Schweißperlen hinunter. Mein Puls raste und es dauerte einen Moment, bis ich begriff, dass ich völlig bekleidet in meinem Bett aufgewacht war. Eine Bauarbeiterkolonne hämmerte gegen meinen Kopf. Mein Mund war trocken und ein säuerlicher Geschmack nach Erbrochenem ließ mich hektisch schlucken. War das gerade nur ein Traum gewesen? Langsam ließ ich mich zurück auf mein Kissen sinken, um nicht noch mehr Schaden anzurichten. Ich versuchte, alle Szenen des gestrigen Abends Revue passieren zu lassen. Damian, der Ball, Carlotta, die Wut, das Betrinken, Damian und – oh mein Gott …!

Ich schlug mir die Hände vors Gesicht. Nein, das war kein Traum gewesen! Wie hatte ich mich nur so erniedrigen können? Wie naiv war ich gewesen, zu glauben, dass ausgerechnet Damian Interesse an mir haben könnte? Ich war nicht reich und hatte nichts, was nicht Tausende anderer Frauen ihm auch zu bieten hätten. Was hatte ich erwartet? Dass er mit mir schlafen würde, wenn ich ihn darum bitte? Bestimmt machte er sich genau jetzt über mich lustig.

Schluss! Es brachte nichts, in Selbstmitleid zu versinken. Schließlich war ich selbst schuld.

Kapitel 11 ❧ Catherina und Damian

IQ

Frisch geduscht, angezogen und mit fünf Essiggurken gestärkt, beschloss ich, meine Mutter zu besuchen. Es war Sonntag, ein typischer Besuchersonntag. Egal welche Stimmung sie heute an den Tag legen würde, ich würde mit Sicherheit mithalten können.

Doch falsch gedacht. Sie war an schlechter Laune nicht zu überbieten, weshalb sich mein Besuch auf die obligatorische Stunde beschränkte. Ich füllte ihren Kühlschrank, lüftete, räumte auf und versuchte, ein halbwegs normales Gespräch mit ihr zu führen. Nicht möglich!

Schnell sah ich alle Bankunterlagen durch. Natürlich passierten über Nacht keine Wunder und somit war alles beim Alten. Mit dem hart erarbeiteten Geld von gestern würde ich allerdings einen großen Teil tilgen können.

Ich verabschiedete mich und versprach, bald wiederzukommen, was meine Mutter augenscheinlich nicht interessierte. Immer wieder versetzte sie mir damit einen Stich ins Herz. »Sie kann nichts dafür!« Ich wiederholte diesen Satz wie ein Mantra.

Zuhause angekommen, beschloss ich, Isabelle anzurufen. Wenn es jemand schaffen würde, mich aufzuheitern, dann sie.

»Hallo, Süße, ich habe gerade an dich gedacht.«

Ich schnaufte lange in den Hörer, und sie wusste sofort, dass etwas nicht stimmte.

»In welche Schwierigkeiten hast du dich dieses Mal gebracht?«

Ich begann zu erzählen. Die Vollversion. Ab und an kommentierte sie es mit einem »Aha« oder »Echt jetzt?«. Ich breitete mich auf der Couch aus und legte mir eine Hand über die Augen. Plötzlich tönte ein hysterisches »Wahnsinn!« durch den Hörer. Erschrocken richtete ich mich auf und fragte:

»Was … was ist los?«

»Ich google ihn gerade … Hätte ja sein können, dass er ein registrierter Massenmörder ist.«

»Wer?«

»Dein Chef, dieser Damian.«

Unwillkürlich schloss ich die Augen und ein Seufzen entfuhr mir.

»Kann ich verstehen«, lachte Isabelle.

Gut, dass Google alles über einen wusste.

»Ich würde ihn anspringen und erst wieder gehen lassen, wenn ich selbst nicht mehr gehen könnte«, hörte ich Isabelle sagen.

»Bist du verrückt? Nie wieder wird es so weit kommen!«

Das Lachen am anderen Ende der Leitung war ohrenbetäubend. »Oh, warte, hier ist auch ein Bild von deinem Chef mit einer Tusse. Das Foto scheint älter zu sein, aber … Verdammt, diese Frau sieht aus wie ein gefallener Engel!«

Was? Welche Frau?

»Isabelle, bist du high? Was redest du da?«

Ein Seufzer entfuhr ihr. »Ich sehe hier nur ihren Namen. Alexandra. Cat, diese Frau ist so hübsch, da würde sogar ich lesbisch werden.«

Isabelle machte mir Angst. Anderseits würde das erklären, warum er mich hatte stehen lassen.

»Google ihn! Dann siehst du es selbst.«

Auf keinen Fall! Das würde mich nur noch mehr deprimieren.

»Na, du machst mir ja Mut.« Mist, das klang jetzt verzweifelter als beabsichtigt.

»Ach, Süße, du bist auch ganz passabel anzusehen«, sagte sie neckend.

»Toll, danke! Und so was schimpft sich Freundin.« Ich streckte ihr die Zunge raus.

»Vielleicht zählen für ihn ja die inneren Werte mehr? Davon hättest du ganz viele zu bieten.« Isabelle kicherte.

Hatte sie mir gerade durch die Blume gesagt, dass ich hässlich bin? Es reichte!

»Wie sieht's eigentlich bei dir und deiner Bekanntschaft aus, hmmm?«

Das Lachen im Hörer erstarb und sie flüsterte: »Ich sage nichts ohne meinen Anwalt.«

»Ich denke, es ist das Beste, wenn wir uns beide an die eigene Nase fassen«, bemerkte ich kühl.

»Ach, Cat, du bist einer der liebsten und hübschesten Menschen, die ich kenne. Mit so einer nimmst du es allemal auf«, versuchte Isabelle mich zu beruhigen.

Ich wollte ihr nicht glauben und ohne ein Wort des Abschieds beendete ich das Gespräch.

Alexandra. Wer war das nun schon wieder? Viel wichtiger war im Moment allerdings die Antwort auf die

Frage: Wie würde ich ihm morgen gegenübertreten? Ob ich mich krankmelden sollte? Nein, ich hatte mich noch nie krankgemeldet, das wäre den anderen gegenüber in diesem Fall auch nicht fair.

Angriff war vermutlich die beste Verteidigung, also auf in den Kampf!

Wie gewöhnlich war ich viel zu früh an meinem Arbeitsplatz. Jemand rief meinen Namen. Josi! Sie war eine nette Kollegin, mit der ich gerne ein Schwätzchen hielt. Sie streckte mir einen Kaffee entgegen, den ich nur mit Vergnügen annahm.

»Danke!«

Sie lächelte mich an und nahm einen Schluck aus ihrem Becher. Wir scherzten herum, bis ich Damians Anwesenheit spürte. Warum war er so pünktlich? Ich schaute über die Schulter, mit großen Schritten kam er auf uns zu.

Ich hasse ihn! Ich hasse ihn! Ich hasse ihn!

Warum musste er nur so gut aussehen? Ich erinnerte mich an seinen Kuss ... an seine warmen, weichen Lippen, die sich jetzt zu einem sexy Grinsen verzogen. Ich drehte meinen Kopf zu Josi, die ihn wie versteinert anschmachtete. Nicht schon wieder eine. Gab es denn auf dieser Welt nicht eine Frau, die immun gegen ihn war? Ich würde Millionen mit einem Anti-Damian-Mittel verdienen.

Josis Mund verzog sich zu einem anzüglichen Lächeln, ich wurde stutzig. Damian blieb hinter mir stehen und sofort spürte ich die Wärme seines Körpers. »Damian, das ist Josi, Josi – Damian.«

»Wir kennen uns bereits. Josi, es freut mich, dich wiederzusehen!«

Woher kannten sie sich? Die Wut packte mich.

»Ach ja, ich vergaß, Zimmermädchen …«

Beide schenkten mir einen fragenden Blick. Sofort bereute ich meine Bemerkung, da sie schon beleidigend klang. Beschwichtigend hob ich die Hände vor der Brust und formte mit den Lippen ein »Sorry!«. Damian ignorierte mich und fing ein Gespräch mit Josi an.

»Was machen Sie hier?«, wollte Josi von ihm wissen.

Ich konnte nicht an mich halten. »Seinem Aussehen nach zu urteilen, ist er Fotomodel. Leider hat er nie die Anweisungen der Fotografen verstanden, da er einen unterdurchschnittlichen IQ besitzt.«

Josis Blick wurde fragender, Damians wütender. Hervorragend, er sollte wütend sein, denn nur so konnte ich besser mit der Situation umgehen. Also setzte ich noch eins drauf: »Im Tierheim waren alle Stellen besetzt, deshalb ist er als Praktikant hier gelandet und betreut jetzt Dreijährige, die den gleichen Entwicklungsstand haben wie er.«

Josi zog die Brauen hoch und verschwand kopfschüttelnd. Damian schaute ihr nach, bis er seinen unergründlichen Blick auf mich richtete. Ich zuckte mit der Schulter und kritzelte etwas Belangloses auf meinen Block, den ich bis eben unter den Arm geklemmt hatte. Damian stellte sich ganz nah an meine Seite, sodass seine Schulter meine berührte, während er mir auf die Finger schaute. Wütend hielt ich in der Bewegung inne.

»Was machst du da?«, wollte ich von ihm wissen. Er schubste mich leicht gegen die Schulter, sodass ich fast das Gleichgewicht verlor.

»Ich lerne lesen. Ist nicht so einfach, bei meinem niedrigen IQ.«

»Tzzz!« Ich zischte wie eine Schlange. Er taxierte mich. Was kam jetzt?

»Du wirst heute einen Anruf von Bennett erhalten.«

Wie ein fester Strick legte sich dieser Satz um meinen Hals und schnürte mir die Kehle zu.

»Ich habe dich gebucht.«

Bitte was? Ich funkelte ihn wütend an und verschränkte die Arme vor der Brust.

»Mir würden gerade so viele Antworten darauf einfallen, zum Beispiel: Nie im Leben! Du kannst mich mal! Du hast sie nicht alle! Ein schlichtes Nein hätte ich auch noch im Angebot. Such dir was aus.« Oh weh, Manieren ade! Ich kehrte ihm meinen Rücken zu.

»Ich zahle dir das Doppelte.«

War der noch ganz dicht? So ein Großkotz! Aber nicht mit mir.

»Ich bin nicht käuflich, Damian – zumindest nicht mehr für dich!«

»Bennett sieht das anders. Er freute sich sehr, dass du so einen bleibenden Eindruck bei mir hinterlassen hast. Er wäre sicher sehr ungehalten, wenn er auf seine Provision verzichten müsste.«

Mein Herz zersprang in tausend Stücke, vor meinen Augen begann es zu flimmern. Er hatte ja recht, so ein Mist!

»Das ist Erpressung«, fauchte ich ihn an.

»Sieh es einfach als zukunftsfördernde Maßnahme.«

***

Nach unserem Kuss in der vergangenen Nacht hatte mich mein Schwanz schier in den Wahnsinn getrieben und ich ging eine Runde joggen. Ein anstrengendes Work-out folgte. Super Idee – um 3 Uhr morgens. Nach einer kalten Dusche und einer Stunde Teleshopping im Fernsehen hatte sich mein Freund wieder beruhigt. Trotz allem ging mir Cat nicht aus dem Kopf. Ich wollte ihr eine Freude machen. Nur wie? Die ganze Nacht überlegte ich hin und her, bis ich auf die perfekte Lösung stieß. Es würde einiges an Planung erfordern. Und Kohle. Scheiß drauf!

Gleich am frühen Morgen zitierte mich mein Alter in sein Büro. Fröhlich pfeifend nahm ich vor ihm Platz.

»Du hast ungewöhnlich gute Laune, mein Sohn.«

Ich verschränkte die Arme hinter dem Kopf. »Ist mir gar nicht aufgefallen.«

Er senkte seinen Kugelschreiber und betrachtete mich missmutig. »Und ich dachte, es läge daran, dass du gestern einfach mal so eine Million gespendet hast. Bist du des Wahnsinns?«

Ich verdrehte die Augen, als er eine Zeitung vor mir auf den Tisch knallte. Dieses Mal lautete die Überschrift: *Unglaubliche Geschichte! Damian Dennert lässt Million springen!* Ich überflog den Artikel:

Beim diesjährigen Gastronomenball, der im Claire's Hotel ausgerichtet wurde, fehlten allein Scheich Abu del Gai, Besitzer der größten Hotelkette in den Vereinigten Arabischen Emiraten, und Henry Dennert, Besitzer des Aqua-Marin sowie zahlreicher privat geführter Luxushotels wie das Aqua de Mer. Die Abwesenheit von Henry Dennert wurde durch seinen Sohn Damian kompensiert. Da sich der BLICK die Exklusivrechte für diesen Abend sichern konnte, durfte ich als einzige Journalistin dem Abendbankett beiwohnen. Das Essen war ausgezeichnet, die Stimmung ausgelassen. Selbst dem gefürchteten Gastronomiekritiker van Doost, der mit seiner Frau am Haupttisch saß, war ab und an ein Lächeln anzusehen. Und auch eine Träne ... Aber dazu später mehr. Damian befand sich in Begleitung einer uns unbekannten Brünetten, die den Gesprächsstoff des Abends lieferte. Nein, es war kein Skandalauftritt, wie Sie jetzt vielleicht vermuten. Der Gastgeber Paul Claire hatte ein sechsjähriges, sichtlich verängstigtes Mädchen auf die Bühne gebeten, um im Rahmen einer Auktion Spenden für die Kinderkrebshilfe zu sammeln. Die Kleine war offensichtlich nicht auf so einen Auftritt vorbereitet gewesen und so ereignete sich etwas, womit keiner rechnen konnte: Damians Begleiterin fasste sich ein Herz und eilte dem Mädchen zu Hilfe. Sie riss sich die Pumps vom Fuß und schleuderte einen davon hinter sich, wobei sie nur haarscharf den Kopf von Paul Claires derzeitiger Lebensgefährtin verfehlte. Bahnt sich da etwa ein neuer Zickenkrieg an?

Nach einer rührseligen Szene stand am Ende der Auktion eine gebotene Summe von sage und schreibe einer Million Euro im Raum – gespendet von keinem Geringeren als Damian Dennert. Der BLICK fragt sich, ob er nicht auch ein wenig für seine hübsche Begleiterin geboten hat, die sich liebevoll um den Schützling auf ihrem Arm kümmerte. Standing Ovations gab es für die Unbekannte, die mit dem kranken Mädchen – wohlgemerkt allein! – den Saal verließ.

Damit drängt sich eine weitere Frage auf: Befindet sich Damian Dennert endlich auf dem rechten Pfad und erspart sich und seinem Vater somit weitere Eskapaden? Vielleicht mithilfe der Brünetten, deren Namen wir leider nicht erfahren durften, denn zum ersten Mal scheint es, als bliebe Damians Privatleben auch privat. Doch unser Blick bleibt weiterhin auf ihn gerichtet.

Den Artikel schmückten einige Fotos von mir, wie ich Carlotta auf dem Arm hielt und eng umschlungen mit Cat das Hotel verließ. Ein weiteres zeigte mich lachend. Zum Glück waren die Bilder dunkel und unscharf, man konnte Cat darauf nicht erkennen. Mein Vater beobachtete mich mit unter dem Kinn verschränkten Händen.

»Ich habe schon schlimmere Artikel über mich gelesen.«

Ein Knall ertönte. »Herrgott, Damian! Hier geht es um Verantwortung. Wie willst du diesen irren Betrag aufbringen? Mit Sicherheit nicht durch meine Unterstützung. Ich habe mit dieser Sache nichts zu tun!«

Als ob ihm diese Summe wehtun würde. »Es ist ja nicht so, dass uns das in den Ruin treiben wird.«

»Damian!«, erklang die schroffe Stimme meines Alten.

»Ich habe niemanden verletzt, ich habe nur geholfen, also beruhig dich! Lös doch meinen Treuhandfond auf, das müsste reichen.«

Mein Alter ließ es sich durch den Kopf gehen. »Das ist doch mal ein Wort«, gab er dann lächelnd von sich. Woher sein plötzlicher Sinneswandel kam, war mir schleierhaft. »Wer ist die unbekannte Brünette?«, wollte er nun von mir wissen.

Ich lächelte nur und mein Alter sah mich fragend an. Egal, er würde keine Antwort darauf bekommen, deshalb Schluss jetzt mit dem Verhör. Schließlich gab es Wichtigeres, um das ich mich kümmern musste. Cat! Ich hatte sie gebucht. Unserem heutigen gemeinsamen Nachmittag galt meine komplette Aufmerksamkeit.

»Du grinst schon wieder«, sagte er. »Hast du Drogen genommen? Oder bist du betrunken?«

Falsch, mein Lieber. Ich bin einfach glücklich.

»Weder noch …«, sagte ich daher. »Ach ja, ich habe den Dienstplan der Animation geändert, wundere dich nicht, wenn ich heute nicht im Haus bin.« Jetzt sah mich mein Alter verblüfft an. Wieder grinste ich und verließ pfeifend sein Büro.

***

Wie angekündigt, bekam ich einen Anruf von Bennett.

»Du hast Herrn Dennert ganz schön den Kopf verdreht, nicht wahr, Cathy?«

C a t h e r i n a, verflixt noch mal! Ich nehme mir

doch auch die Zeit, dich bei deinem vollen Namen zu nennen.

»Eine so hohe Summe hat noch keine von meinen Ladys bekommen. Nicht einmal die, die sich auf andere Sachen spezialisiert haben. Fühl dich geehrt, Liebes.«

Geehrt? »Pffff!«

Ich schloss die Augen und fragte mich, ob ich mich ein weiteres Mal würde erniedrigen lassen können. Ein tiefer Seufzer entrang sich mir. So viel Geld in so kurzer Zeit …

Ich musste es tun.

Jede Faser meines Körpers schrie »*NEIN, tu es nicht!*«. Doch mein Mund war anderer Auffassung und ich hörte mich einwilligen, was wiederum meiner Hand nicht passte, die sich mit einem mächtigen Schlag gegen den Kopf ins Spiel brachte. Schön, wenn jeder Körperteil eine eigene Meinung hat. Die Anweisung von Bennett war: legere Kleidung. Treffpunkt: Der Ort, an dem er mich hatte aussteigen lassen.

»Ich schätze, ihr werdet nicht in die Oper gehen.«

»Was hat er vor?«

Oh nein! Hatte ich das etwa laut gesagt?

»Lass dich überraschen!«, entgegnete Bennett und beendete das Gespräch, da es in diesem Moment auf einer anderen Leitung klingelte. Ein ungutes Gefühl breitete sich in meiner Magengegend aus. Hoffentlich wusste ich, was ich da tat.

Kapitel 12 ✐ Damian und Catherina

Zirkus, nichts als Zirkus

Zum allerersten Mal spielte ich den Trumpf Juniorchef aus. Ich telefonierte, ich organisierte und koordinierte. Alles lief zu meiner Zufriedenheit, sodass ich Cat am frühen Nachmittag abholen konnte. Sie wartete bereits an der Straße, exakt wie gewünscht. Ich brachte den Wagen vor ihr zum Stehen. Mit einem mürrischen Gesichtsausdruck stieg sie ein, schnallte sich an und verschränkte die Arme vor der Brust. Sehr gut. Ich grinste. Mit quietschenden Reifen fädelte ich mich wieder in den Verkehr ein. Erschrocken taxierte sie mich. Ihr Mund stand offen, als wollte sie mich tadeln.

»Lass mich raten: Ich habe die Straßenverkehrsordnung nicht beachtet?«

Sie schloss ihren Mund und blickte wieder auf die Straße.

Autobahn, endlich! Ich brachte sie gerne aus dem Konzept, also drückte ich das Gaspedal meines Aston Martin durch. Wie ein kleiner Junge grinste ich, als uns die Beschleunigung in die Sitze presste. Cat sagte nichts. Komisch, sonst war sie doch auch nicht auf den Mund gefallen. Stattdessen krallte sie sich an den Sitz und schloss die Augen.

»Möchtest du lieber fahren?«, wollte ich von ihr wissen. Sie schüttelte energisch mit dem Kopf. Seltsam, warum redete sie nicht mit mir? Plötzlich scherte ein Idiot von der rechten auf meine Spur.

»Fuck!«, schimpfte ich und stieg heftig auf die Bremse. Mir wurde heiß und kalt. Adrenalin schoß durch meine Adern und es dauerte einen Moment, bis ich den Wagen wieder unter Kontrolle hatte. Erst jetzt bemerkte ich Cats Hand, die auf meiner lag. Sie war kreidebleich, ihre Augen waren weit aufgerissen. Ich verhakte meine Finger mit ihren, führte ihre Hand zu meinen Mund und küsste sie. »Alles in Ordnung, Chérie?«

Sie drehte ihren Kopf in meine Richtung und verengte ihre Augen zu Schlitzen. »Wenn ich diese Fahrt überlebe, sei dir gewiss, dass ich dich umbringen werde!«

Da war sie ja wieder!

»Deine Chancen stehen gut, wir sind gleich da«, entgegnete ich und fuhr von der Autobahn ab.

Kurz darauf parkte ich das Auto, stieg aus und öffnete Cat die Tür. Ihr finsterer Gesichtsausdruck sprach Bände. Abwarten, dachte ich. Wir standen mitten im Nirwana. Feld, nichts als Feld. Zu viel Natur für meinen Geschmack.

»Wir müssen ein Stück laufen«, sagte ich.

Sie folgte mir, ohne mich anzusehen. Nach einem fünfminütigen Fußmarsch waren wir am Ziel. Schlagartig veränderte sich Cats Stimmung. Sie lachte und ich wusste, dass sie gleich noch viel mehr zu lachen haben würde.

***

Es war unglaublich! Da stand ich mitten im Nirgendwo und vor mir ragte ein riesiges Zirkuszelt in den Himmel.

Noch nie zuvor war ich in so einem Wahnsinnszelt gewesen, bisher hatte ich mir solche Vorstellungen nur im Fernsehen angesehen oder in Büchern darüber gelesen.

Damian unterhielt sich mit einem Mann, der augenscheinlich der Direktor dieses Ensembles war. Mein Vorhaben, ihn so wenig wie möglich zu beachten, löste sich gerade in Luft auf. Nein, Cat! Lass dich nicht von ihm einwickeln. Du magst ihn nicht! Er muss aus deinem Leben und aus dem Hotel verschwinden, damit du eine Chance auf den Job hast, den du dir so sehr wünschst. Egal, was kommen wird: Du magst ihn nicht!

In diesem Moment sah er mir direkt in die Augen und lachte. Ein Lachen, das ich noch nie zuvor bei ihm gesehen hatte. Nein! Ich durfte auf keinen Fall zurücklachen. Es kostete mich schier unmenschliche Überwindung, meinen Kopf zur Seite zu drehen und starr auf den Boden zu schauen. Damian löste sich aus dem Gespräch und schlenderte zu mir. Er hob mein Kinn, sodass ich gezwungen war, ihn anzusehen. Es vergingen etliche Sekunden. Ich wusste, dass er versuchte, meinen kühlen Blick zu deuten.

»Komm, die Vorstellung beginnt«, hauchte er und nahm meine Hand, unsere Finger fanden sich wie automatisch in die Verschränkung.

Er führte mich über einen Vorplatz, wo Clowns, Feuerspucker und Artisten bereits auf uns warteten. Seifenblasen flogen um uns herum und der Geruch von Popcorn und Zuckerwatte lag in der Luft. Meine Augen begannen zu strahlen. Ich konnte nicht anders. Genau so hatte ich mir das als Kind immer vorgestellt. Die Musik, das Lachen, das Kindsein.

Damian drückte meine Hand. »Warte kurz«, sagte er und ließ mich umringt von Clowns stehen. Ich vergaß alles und ließ mich von den vielen bunten Gesichtern mitreißen in eine Welt, die mir bis jetzt verwehrt geblieben war.

Schwer bepackt mit Getränken und Süßigkeiten kam Damian zurück und signalisierte mir, ihm zu folgen. Ich gehorchte und gemeinsam betraten wir das Zirkuszelt. Den Ort, wo ich mich verzaubern ließ.

***

Sie war eindeutig immer noch sauer auf mich. Verständlich, nachdem ich sie in der Nacht des Unternehmerballs allein gelassen hatte. Hoffentlich erkannte sie, dass ich mich mit diesem ganzen Aufriss bei ihr entschuldigen wollte. Ihre Augen waren vorhin so kalt gewesen. Jetzt saß sie neben mir, völlig distanziert, ihr Blick ins Leere gerichtet. Verflucht! War die ganze Arbeit etwa umsonst?

Die Lichter gingen aus. Ein Scheinwerfer fiel mitten in die Manege auf Paolo, den Leiter des Zirkus. Er begann mit einer typischen Eröffnungsrede, wie ich sie schon oft gehört hatte, doch Cats Interesse schien geweckt. Aufmerksam lauschte sie und erschrak, als sich der Vorhang hinter dem Direktor öffnete.

Teil zwei meines Plans begann genau jetzt. Mal sehen, wie lange sie es schaffen würde, die Eiskönigin zu spielen.

Sechsundachtzig Paar Kinderaugen waren auf uns gerichtet. Woher ich das so genau wusste? Ich hatte mir für jedes einzelne von ihnen die Genehmigung holen müssen, dass es die Kinderkrebsstation verlassen durfte. Leider war Carlotta nicht dabei. Ihre Mutter war der Meinung, die Kleine solle sich lieber schonen. Schade.

Cat hin oder her, allein für das Funkeln in den Augen der Kinder hatte sich die ganze Mühe gelohnt. Ich wagte einen kurzen Seitenblick. Na endlich! Auch Cat strahlte bis über beide Ohren, als sie die Worte des Direktors hörte: »Meine lieben Kinder, normalerweise sind wir es, die andere verzaubern. Heute dürfen meine Mitarbeiter und ich uns von euch in eine Welt der Fantasie mitnehmen lassen. Ihr seid die Hauptakteure!«

Applaus ertönte. Das gesamte Zirkuspersonal hatte sich um uns versammelt und applaudierte, Jubelschreie wurden laut. Cat sprang von ihrem Stuhl und klatschte strahlend mit.

In den Augen der Kinder lag Unsicherheit. Sie verstanden nicht, weshalb wir so euphorisch applaudierten. Erschreckend, wie eine Krankheit schon zur Gewohnheit werden konnte. Erschreckend auch, dass mich so etwas erst seit ein paar Tagen überhaupt beschäftigte.

Jeder Zirkusmitarbeiter führte nun einen der kleinen Besucher zu einem Sitzplatz, sodass wir bald umringt von Kindern saßen. Kranken Kindern. Kindern, die allesamt große Augen machten und lachten. Genau wie Cat.

Die Show begann mit der typischen Zirkusmusik. Ein Lichtkegel fiel auf einen Clown, der geradewegs auf uns zukam. Ich hasste Clowns. Sie waren mir unheimlich. Cat hatte dazu wohl eine andere Meinung, denn sie spendete diesem Möchtegernkomiker Beifall. Tatsache, dieser Clown flirtete mit ihr! Die Nase dieses Kaspers

sehnte sich wohl danach, einmal wirklich rot anzu-
laufen.

Beppo faltete jetzt ein Papier vor Cats Augen zu einer
Rose und überreichte sie ihr. Sie dankte es ihm mit einem breiten Lächeln. Doch dem Clown reichte das nicht
aus. Er forderte die Rose zurück.

»Eine Papierrose reicht nicht für so eine schöne Frau«,
erklärte er großspurig und zündete den Stiel an. Rauch
stieg auf, das Papier verwandelte sich in eine echte rote
Rose. Cat strahlte, als er sie ihr überreichte.

Moment, was ging hier ab? Ich könnte ihr Tausende von
diesen Dingern schenken und trotzdem würde ich nicht
so ein Strahlen von ihr bekommen, da war ich mir sicher.
Sie würde sich nie in mich verlieben. Egal, was ich tat.

Die Zuschauer klatschten.

»Was für ein schäbiger Trick«, murrte ich. Damit hatte
ich die Aufmerksamkeit des Clowns. Wie ein Affe kam
er zu mir gesprungen und forderte mich auf, an einer
Blume zu riechen, die an seiner Brusttasche hing. Auf
gar keinen Fall! Doch die Kinder feuerten mich an, also
gab ich mich geschlagen. Eine Wasserfontäne spritzte
mir entgegen und durchnässte mich komplett.

Scheißclown! Hemd nass, Frisur im Arsch. Alle lachten. Ich nicht! Wie ein begossener Pudel saß ich da und
hätte diesen dämlichen Beppo erwürgen können. Doch
der ließ sich feiern und verschwand hinter dem Vorhang.
Mein Gesichtsausdruck schien Bände zu sprechen, denn
plötzlich stand ein kleines Mädchen vor mir. Sie trug ein
Kopftuch, die heimtückische Krankheit musste ihren
Tribut gefordert haben, man erkannte es sofort.

Mit großen Augen zupfte sie an meinem Shirt. »Duuu, Onkel …«

Bitte was? Onkel?

»Das ist nur Wasser, das trocknet wieder. Glaub mir, es gibt viel Schlimmeres!« Sie küsste mich auf die Wange und verschwand wieder auf ihrem Sitzplatz. Autsch! Jetzt sah ich nicht mehr nur aus wie ein begossener Pudel, ich fühlte mich auch so.

***

Die Zirkusvorstellung war atemberaubend. Mein Herz schlug mindestens drei Takte schneller als normal. Nicht nur mir ist ein Tag voller Zauber geschenkt worden, sondern auch den Kindern. Alle durften in die Manege treten und mit dem Zirkuspersonal seiltanzen, jonglieren oder reiten. Alle hatten Spaß – bis auf Damian, der zwar mittlerweile wieder getrocknet war, aber immer noch denselben nachdenklichen Gesichtsausdruck zeigte.

Nein, Cat! Es darf dich nicht interessieren. *Er* darf dich nicht interessieren. Er hat mit dir gespielt. Er wird deinen Job bekommen. Er hat alles, du hast nichts. Du! Magst! Ihn! Nicht!

Und doch ließ er mich meine Prinzipien vergessen, indem er mir tief in die Augen blickte und ich seinen Blick erwiderte. Ein tiefes Schnauben entrang sich seiner Kehle. Es war, als hätte er irgendetwas aufgegeben. Irgendetwas verloren.

»Lass uns rausgehen. Ich glaube, die Kinder kommen auch gut ohne uns zurecht«, sagte ich und begab mich zum Ausgang. Er folgte mir mit reichlich Abstand. Ich wusste nicht, wohin ich gehen, was ich sagen oder tun sollte. Immer wieder stolperte ich, verfing mich im hohen Gras. Warum war er so distanziert? Sonst hatte er doch auch immer einen flotten Spruch drauf und suchte meine Nähe. Zumindest war es mir bis dahin immer so vorgekommen.

Ach, Cat, du dumme Nuss! Genau das wolltest du doch: Er sollte dich in Ruhe lassen. Warum fühlte es sich dann so komisch an, wenn er es tat?

Ich erreichte eine Anhöhe und setzte mich. Der Ausblick war unbeschreiblich. Die Weite. Die Freiheit. Nichts außer der Natur und mittendrin der Zirkus, der von bunten Lichter beleuchtet wurde. Damian setzte sich neben mich. Wieder mit reichlich Abstand.

»Warum tust du das?«, wollte ich wissen.

Blöde Frage. Auf was bezog sie sich überhaupt? Warum er das Ganze arrangiert hatte oder warum er sich so von mir distanzierte? Ich wusste es selbst nicht und hoffte insgeheim, auf beides eine Antwort zu bekommen.

Er lachte und hielt seinen Blick starr geradeaus gerichtet. Ich entledigte mich meiner Umhängetasche und schubste mit der Hand gegen seine Schulter. Er schwankte, sagte jedoch immer noch nichts.

»Wie hast du es geschafft, in so kurzer Zeit so etwas auf die Beine zu stellen? Oder ist das eine Masche von dir und du führst jede deiner Freundinnen zu so was aus? Also, nicht dass ich deine Freundin wäre, aber ...«

Er löste sich aus seiner Starre und flüsterte: »Alexandra. Bis jetzt gab es nur sie.«

Wie ein Stich fuhr dieser Name in meinen Körper.

»Was ist passiert?«, fragte ich leise.

Ein unechtes Lächeln breitete sich auf seinem Gesicht aus. »Wir kannten uns schon als Kinder. Mit Anfang Zwanzig haben wir bereits Hochzeitspläne geschmiedet. Meine Familie liebte sie. Ich liebte sie.«

Bei diesen Worten zerbrach etwas in mir.

»Unsere Beziehung hielt fünf Jahre. Bis …« Er hielt inne, seine Körperhaltung wirkte abwehrend, als würde er Stein für Stein eine Mauer um sich herum errichten.

Wie konnte ich von ihm verlangen, diese Mauer einzureißen, wenn ich selbst einen riesigen Schutzwall um mein Leben gebaut hatte?

»Kurz vor der Hochzeit habe ich sie erwischt, wie sie mit einem anderen geschlafen hat. Tja, und das war es dann.«

Die Kälte, die in seinen Worten mitschwang, war erschreckend. Verflixt! Wie sollte ich nach diesem Bekenntnis noch böse auf ihn sein? Ich zog meine Beine unter mein Kinn und fragte: »Liebst du sie noch?«

Er antwortete nicht, stattdessen griff er neben sich in die Wiese und pflückte eine Kornblume. Wie selbstverständlich reichte er sie mir.

»Auf dem Feld wachsen leider keine Rosen«, sagte er beiläufig, legte den Kopf in den Nacken und betrachtete den Himmel.

»Wir verkehren in denselben Kreisen, da bleibt es nicht aus, dass sie mir hin und wieder über den Weg läuft.«

Mir war nicht entgangen, dass er meine Frage nicht mit Ja oder Nein beantwortet hatte. Er ließ sie im Regen stehen. Wortwörtlich. Denn plötzlich ergoss sich der Himmel über uns. Ein Sommergewitter – und wir saßen mittendrin. Die Luft hatte sich den Tag über derart aufgeheizt, dass um uns ein feiner Dampf entstand, wo das Wasser auf den Boden prasselte.

Damian, der immer noch sein Gesicht in den Himmel gerichtet hatte, lachte lauthals los.

Verwirrt sah ich ihn an.

»Na ja, den Blumentrick beherrsche ich zwar nicht so gut wie der Clown, aber die Nummer mit dem Wasser habe ich eindeutig besser drauf als er.«

Mein Herz machte einen Hüpfer. Er war doch nicht das Arschloch, für das ich ihn hielt.

Es donnerte. Kurz darauf durchzog ein Blitz die Wolken. Ich lachte ebenfalls. »Wir sollten gehen. Mal abgesehen von dem Zirkus, sind wir der höchste Punkt auf diesem Feld. Die Wahrscheinlichkeit, von einem Blitz getroffen zu werden liegt somit weit unter eins zu sechs Millionen.«

Damian schüttelte den Kopf. »Warum wundert es mich nicht, dass du dich in Wahrscheinlichkeitsrechnung auskennst?« Er stand auf, reichte mir die Hand und zog mich auf die Füße. Wir waren beide bis auf die Knochen durchnässt. Er seufzte. Seine Hand glitt in meinen Nacken und zwang mich, zu ihm aufzusehen. Ich blinzelte. Der Regen verschleierte meinen Blick.

»Eher werde ich vom Blitz getroffen, als dass ich mich wieder mit Alex einlasse.« Er senkte den Kopf, seine Lippen streiften meine und dann – klingelte mein Handy.

Wie im Rausch erkannte ich den Klingelton meiner

Mutter. Ich war wieder im Hier und Jetzt. »Ich muss da ran«, rief ich und hechtete auf meine Tasche zu. Ich schaute nicht auf, wühlte nur hektisch in ihr, bis ich dieses dumme Ding endlich gefunden hatte. »Ja!«, meldete ich mich panisch und entfernte mich einige Schritte von Damian. »Ja, ist ja gut, ich komme sofort«, sagte ich und beendete das Telefonat.

»Ich muss weg«, sagte ich hastig in Damians Richtung, doch der bewegte sich nicht. »Hör zu, Damian, ich danke dir wirklich für diesen tollen Tag, aber ich muss jetzt dringend los. Wenn du mir sagst, wie ich hier am schnellsten wegkomme, kannst du …«

Er unterbrach mich. »War das Bennett?«

Oh nein! Er dachte in eine völlig falsche Richtung. Doch bevor ich etwas erwidern konnte, brachte er zwischen zusammengepressten Zähnen hervor: »Gut, dann beende ich das hier und wir alle fahren nach Hause.«

Was meinte er jetzt damit?

»Ich rufe sofort den Busfahrer an und lasse die Kinder abholen. Ob sie nun zwei Stunden länger hier oder im Krankenhaus sind, spielt bestimmt keine Rolle.«

Oh, dieses Arschloch! Er benutzte die Kinder, um mich zu erpressen!

»Das ist jetzt nicht dein Ernst, oder?«

Er zuckte nur mit der Schulter und machte sich auf den Weg zum Zirkus.

Ich hatte mich doch geirrt! Er war ein Riesenarschloch!

Kapitel 13 ∾ Damian

Die nächste Tankstelle

In der vergangenen Nacht hatte ich kein Auge zugetan. Immer wieder quälten mich die Fragen: Warum hatte sie so schnell weggemusst? Wer war der Anrufer? Warum interessierte mich das überhaupt?

An diesem Tag arbeitete ich nicht in der Animation. Ich war die ganze Zeit für den Pressetermin unterwegs, schließlich hatte ich den Zirkusdirektor irgendwie von meiner Idee überzeugen müssen. Ich bot ihm einen Deal an, den er sich nicht entgehen lassen konnte. Sozusagen schlug ich drei Fliegen mit einer Klappe. Die Wiedergutmachung bei Cat, den kranken Kindern eine Freude bereiten und die zukünftige Kooperation des Zirkus mit unserer Kinderanimation. Perfekt! Noch am Sonntag hatte ich innerhalb weniger Stunden den Dienstplan im Hotel umstrukturieren müssen, damit Cat überhaupt mitgehen konnte, und den Oberarzt des Krankenhauses dazu überreden müssen, die Kinder für einen Nachmittag freizugeben. Und dann noch die Pressetermine, die ich für Werbung für den Zirkus beziehungsweise für unser Hotel nutzte. Meinem Vater war mein Vorhaben suspekt gewesen, natürlich wunderte er sich, warum ich das alles tat. Ich wunderte mich ja selbst!

Bei all dem Trubel am nächsten Tag fehlte mir Cat. Jede verdammte Minute. Zu guter Letzt rief ich Bennett an und buchte sie für diesen Abend. Der Depp behauptete zwar, sie würde nicht zur Verfügung stehen, doch mit einer großzügigen Provision hatte ich ihn dann doch zufriedenstellen können. Auch wenn sie vermutlich sauer auf mich war wegen des abrupt beendeten Abends – ich musste sie einfach sehen. Ich Schwachkopf!

Hatte ich alles? Chips, Cracker, Schokolade, Fruchtgummi … Bier, Wasser, Wein, Saft. Überpünktlich klingelte ich bei Cat. Sie riss die Tür auf.

»Was machst du hier?«, stotterte sie und ihr Mund blieb offen stehen. Ich nutzte die Gelegenheit, um mich an ihr vorbeizudrücken, und stand mit einem Fuß schon im Wohnzimmer. Wie klein diese Wohnung war. Wenn ich meine Arme ausgebreitet hätte, hätte ich die gegenüberliegenden Wände berühren können.

»Wo kann ich das abstellen?«, fragte ich und hielt den Karton höher.

»Beim Nachbarn!«, fauchte sie und warf die Tür hinter uns ins Schloss. Sie verschränkte die Arme, überkreuzte die Beine und lehnte sich gegen die Haustür. Ich ignorierte ihren kalten Blick, streifte mir die Turnschuhe von den Füßen und warf sie in die Ecke.

»Aber sicher, fühl dich ganz wie zuhause.«

Ihr Wohnzimmer war winzig, aber gemütlich. Ich setzte mich auf eine große beige Couch. Eigentlich hatte ich sie für den eher kühl eingerichteten Frauentyp gehalten, doch dieser Raum wirkte warm und einladend. Mein Blick wanderte wieder zu Cat.

»Setz dich doch«, sagte ich und klopfte mit meiner Hand auf die Couch.

»So weit kommt es noch, dass du mir in meiner Wohnung sagst, was ich zu tun habe«, schnauzte sie mich an und verschwand in einem Nebenraum. Sie fluchte. Türen und Schubladen wurden aufgerissen und wieder zugeschmissen.

»Was suchst du?«, fragte ich amüsiert.

»Einen Elektroschocker oder Pfefferspray. Rattengift wäre auch eine Alternative.«

Hm, ich sollte mein Glas wohl besser im Auge behalten. Interessiert schaute ich zu den Fotos auf einem Sideboard. Cat war darauf zu sehen mit zwei verschiedenen Frauen, einer jüngeren und einer älteren. Auf dem einen Foto strahlte sie aus tiefstem Herzen. Auf dem Bild mit der älteren Frau wirkte ihr Lachen aufgesetzt. Nicht echt. Warum?

Das Fluchen nahm ein Ende. Cat floh an mir vorbei in ein anderes Zimmer. Meine Neugier siegte und ich folgte ihr. Der Raum war noch kleiner als das Wohnzimmer. Das grenzte ja an Körperverletzung! Ein vergleichsweise großes Fenster erhellte das winzige Zimmer. Quer davor stand ein Bett, das von der einen Wandseite bis zur anderen reichte.

»Wieso drehst du das Bett nicht andersherum?« Himmel, diese Frage hättest du dir echt schenken können.

Bücher! Bücher überall, wo man hinsah. Bücherregale, die bis zur Decke reichten. Mittendrin stand ein kleiner Kleiderschrank, auf dem sich ebenfalls Bücher stapelten. Alles war in Weiß gehalten, doch durch die enorme Anzahl der verschiedenfarbigen Buchrücken wirkte es wie ein überdimensionales Mosaik, das den Raum verzierte. Unglaublich!

»Bist du nebenberuflich Bibliothekarin?«

Sie streckte mir die Zunge raus und wühlte in ihrem Schrank. Ich nahm das Buch zur Hand, das auf ihrem Nachtschrank lag. Ich kannte es aus meinem Studium.

»Irgendwo müssen die Dinger doch sein!«

Ein Blick in ihren Schrank verriet mir, dass sie keine üppige Kleiderauswahl hatte. Kein Wunder, der Schrank war so groß wie mein Vorratsschrank. Keine teuren Hightech-Geräte. Keine teuren Anziehsachen. Für was arbeitete sie dann so hart?

»Aha!« Sie zog eine Packung mit Kopfschmerztabletten aus ihrem Kleiderschrank und steckte sich zwei davon in den Mund. Belustigt lehnte ich mich mit dem Buch in der Hand gegen den Türrahmen.

»Du bewahrst Medikamente in deinem Kleiderschrank auf?«

Sie schenkte mir einen verunsicherten Blick.

»Klar, wieso? Wo bewahrst du denn deine auf?«

»Der Ort nennt sich Medizinschrank.«

Sie winkte ab. »Da bewahrt sie doch jeder auf. Unlustig, wenn man sie nicht suchen muss.«

Auch eine Theorie, dachte ich. Warum wirkte sie dann bei der Arbeit so ordentlich, ganz im Gegensatz zu dieser chaotischen Szene? Ich öffnete das Buch bei einer eingenickten Seite. Etwas flog mir entgegen. Es kam mir bekannt vor: eine getrocknete Kornblume. Cats überraschter Blick ließ mich lächeln.

»Unkraut wächst überall«, gab sie biestig von sich, stürmte ins Wohnzimmer und nahm am Ende der Couch Platz. An ihrem geröteten Gesicht merkte ich, wie unwohl sie sich fühlte. Ich setzte mich neben sie.

»Was soll das hier werden, Damian?«

»Unser Date, welches du hoffentlich nicht so abrupt enden lässt, wie das gestrige.«

Sie verstummte und richtete ihren Blick auf den Boden. »Hast du den Abend beendet und die Kinder zurückgebracht, nachdem ich mir ein Taxi gerufen habe?«, fragte sie bissig. Nein, das hatte ich nicht, aber das musste sie ja nicht wissen. »Ich beantworte dir deine Frage, wenn du mir verrätst, wer der Anrufer war. Quid pro quo, sozusagen.« Sie biss sich auf ihre Unterlippe und verstummte wieder. Ich lehnte mich zurück und eine angenehme Stille breitete sich aus. Wir saßen einfach nebeneinander und taten nichts.

»Ein Glas Wein?«, fragte ich und wuchtete meinen Körper Richtung Tisch. Erschrocken fuhr sie hoch.

»Nein, auf keinen Fall!« Energisch schüttelte sie den Kopf. Ich wusste, woran sie denken musste, und grinste innerlich.

»Etwas anderes? Schwefelsäure befindet sich ganz unten im Karton.«

Sie lächelte.

»Ein Saft wäre gut.« Ich reichte ihr einen und öffnete mir ein Wasser. Unsere Fingerspitzen berührten sich. Sie reagierte, als hätte sie sich an mir verbrannt. Mein Mundwinkel zuckte belustigt. So, Damian, jetzt musst du sie aus der Reserve locken.

»Warum kannst du mich eigentlich nicht leiden?«

Sie nahm sich einen Moment Bedenkzeit, bevor sie antwortete: »Ich habe nie gesagt, dass ich dich nicht leiden kann, zumindest nicht laut.« Sie verstummte erneut und heftete ihren Blick auf die Flasche, die sie zwischen ihren Händen drehte. »Ich mag nur keine derart von sich überzeugten Menschen, die selbstverliebt durchs Leben laufen und mit Daddys Geld um sich werfen.«

Autsch! Hatte sie mich etwa gerade beleidigt? Suchend drehte ich mich nach links und rechts und fragte: »Wen meinst du damit? Ich sehe hier niemanden, auf den deine Beschreibung zutreffen würde.«

Ein Lächeln.

»Warum arbeitest du bei dieser Escort-Firma?«

Lächeln weg.

»Just for fun?«

Oh, wenn Blicke töten könnten …

»Des Geldes wegen?«

Keine Reaktion.

Ich schnaubte, denn jetzt kam für mich die entscheidende Frage: »Schläfst du mit deinen Kunden?«

Sie knallte die Flasche auf den Tisch. »Es reicht, ich bin keine Nutte!«

Hm, gut, jetzt hatte ich sie so weit.

»Warum tust du es dann? Erklär es mir. Bitte!«

Sie fuhr sich mit den Fingern durch die Haare. »Hätte mir nicht jemand den Job weggeschnappt, müsste ich es nicht mehr tun.«

»Wer? Welchen Job?«

Sie verdrehte die Augen und sagte mit einem wütenden Funkeln in den Augen: »Du bist schuld!«

Was?

»Hast du gekifft?«

Empört sprang sie auf. Auch ich stand auf, ich überragte sie um zwei Köpfe.

»Du bekommst den Job, auf den ich mich beworben habe. Aber erst, nachdem du dein Praktikum ausgerechnet bei *mir* beendet hast.«

Ah, jetzt verstand ich. »Du bist neidisch!«

Sie ballte ihre Hände zu Fäusten und schlug unkontrolliert auf meine Brust ein.

»Ich bin nicht neidisch, du Arsch! Ich kann es nur nicht ab, wenn man alles in den Besagten gesteckt bekommt!«

Nun gut. Ich ließ es zu, dass sie ihre Wut an mir ausließ. Sie schlug und schlug, bis sie völlig außer Atem war. Ihre Fingerknöchel liefen bereits rot an und Tränen rannen ihr übers Gesicht. Sie schluchzte und ließ ihre Arme kraftlos sinken. Ich wollte sie umarmen, doch sie wehrte mich ab.

»Geh, Damian! Verschwinde aus meinem Leben …«

Diese Aussage traf mich wie ein rechter Haken.

Ich knurrte, packte sie am Handgelenk und zog sie an mich. Sie war gezwungen, nach oben zu sehen. »Nein, das werde ich nicht!«

Meine Lippen pressten sich auf ihre. Ich verlor mich in dem Kuss. Ich vergaß alles. Vergangenheit, Gegenwart, Zukunft – es zählte nur dieser Moment. Dieser fucking Moment, in dem sie nur mir gehörte.

Unsere Zungen trafen sich. Sie seufzte in meinen Mund, ich verlor die Kontrolle und hob sie hoch. Ihre Beine umschlangen meine Hüfte. Mit einem Ruck wuchtete ich uns beide auf die Couch. Ich löste unseren Kuss, um ihr in die Augen zu sehen. Ihre Lider flatterten. Ich sah keine Kampfbereitschaft mehr in ihrem Blick.

Ihr Atem ging stoßweise, sie war bereit. Meine Hände umfingen ihre Brüste und begannen sie zu massieren. Sie schloss die Augen und warf ihren Kopf in die Kissen. Ihr Top war nach oben gerutscht, was mir einen Blick auf ihren flachen Bauch erlaubte. Ich wollte mehr! Mein Schwanz wollte mehr!

Langsam ließ ich meine Hände unter ihr Top gleiten und half ihr, es sich über den Kopf zu ziehen. Nun lag sie in einem schwarzen Spitzen-BH vor mir und verschränkte die Arme vor der Brust. Ich schüttelte den Kopf. Sie hatte keinen Grund, sich zu verstecken!

»Der ist überflüssig«, hauchte ich und deutete mit dem Kopf auf ihren BH. Sie schämte sich weiter. Sie vertraute mir nicht. Verdammt!

Ich griff um sie, öffnete die Schließe und befreite sie von dem Ding. Ihre Brüste waren … perfekt! Ihre Knospen reckten sich mir einladend entgegen, ich hatte gar keine andere Möglichkeit, als an ihnen zu saugen. Ihr Stöhnen war pures Aphrodisiakum. Ich leckte, massierte und neckte sie, indem ich immer wieder leicht hineinbiss. Es war heiß wie in einer Sauna. Schweißperlen sammelten sich auf meiner Brust.

Mein Shirt gesellte sich zu ihrem BH. Sie lächelte mich an. Ja, der Personaltrainer machte sich bezahlt.

Sie schlang ihre Arme um meinen Kopf und drückte ihre Lippen auf meine. Ihre Zunge durchforstete meine Mundhöhle, dabei strichen ihre Fingerspitzen über meinen Rücken nach unten und zwischen meinen Schulterblättern wieder hinauf.

Ich zuckte zusammen. Es war, als würden mich lauter

kleine Blitze treffen. Meine Hose und die Boxershorts landeten auf dem Boden. Nackt stand ich vor ihr und wartete ihre Reaktion ab. Ich wusste, was ihr offensichtlich die Sprache verschlug, also nahm ich ihn in die Hand und fing an, ihn mit gleichmäßigen Bewegungen zu bearbeiten. Lust und vollste Konzentration standen in Cats Augen, während sie mich unverwandt anstarrte.

Du bist also ein Kontrollfreak. Wie ist es wohl, wenn du die Kontrolle abgibst?

Jetzt biss sie sich auf ihre Unterlippe und fuhr mit ihrer Zungenspitze darüber. Biest! Mir schossen Bilder durch den Kopf, wie es sich wohl anfühlen würde, wenn sie das mit meinem Schwanz täte. Augenblicklich wurde er in meiner Hand härter. Sie schenkte mir ein kokettes Lächeln, während ich mich über sie beugte. Mein Schwanz glitt zwischen ihre Beine und rieb sich an dem feinen schwarzen Stoff, der mich daran hinderte, in sie zu stoßen. Mein Oberkörper glitt über ihre Brust, auf dem Weg zu ihrem Ohr. Benebelnd zog mich ihr Geruch in seinen Bann. Ah! Dieses Miststück krallte mir ihre Nägel in den Rücken und zerkratzte ihn mit Freude.

»Oh! Tut das weh?«, hauchte sie mir ins Ohr. »Ich mach es wieder gut!«, versprach sie und ließ ihre Fingerspitzen sanft über meinen Rücken tanzen.

Meine Haut kribbelte unter ihrer Berührung und ich zuckte mehrfach zusammen. Zum Teufel, wie empfindlich war ich da? Kein Wunder, dass ich die Frauen immer nur von hinten nahm.

»Umdrehen«, knurrte ich. Ein fragender Ausdruck in ihren Augen ließ mich innehalten und lächeln. Sie gehorchte. Zugegeben, diese Aussicht war auch nicht schlecht.

Nun bohrten sich meine Nägel in ihren Rücken und hinterließen rote Linien, die kurz vor ihrem prächtigen Arsch endeten. Ich gab ihr einen bestimmenden Klaps auf den Po. Sie stöhnte auf und vergrub ihren Kopf in den Kissen. Himmel, mein Schwanz machte inzwischen einem Edelstahlrohr Konkurrenz. Ich ließ mein bestes Stück über ihre Arschbacken gleiten. Mit meiner Eichel schob ich ihre Pobacken leicht auseinander und wischte den ersten Tropfen Sperma an dem feinen Stück Stoff ab. Dann nahm ich meine Hand zuhilfe, um meine Eichel, kontinuierlich an ihrer Spalte zu reiben, ohne vollends in sie einzudringen. Sie reckte mir aufreizend ihr Hinterteil entgegen, was mich aufstöhnen ließ. Ich schob ihr den Slip herunter und merkte, wie sie ihren Bauch in die Kissen drückte. »Nicht verstecken, Kleines!«

Ich hob ihr Becken an und bevor sie sich aus dieser – ihr sichtlich unangenehmen Position – befreien konnte, leckte ich ihr über die Spalte. Ein Stöhnen entfuhr ihr, als sie sich zum Vierfüßlerstand aufbaute. Wieder und wieder ließ ich meine Zunge über ihre feuchte Mitte gleiten. Sie warf den Kopf in den Nacken und krallte sich in die Kissen. Ich saugte an ihrer Perle, sie stöhnte meinen Namen.

Bingo! Ich unterbrach mein Vorhaben, was ihr ein Wimmern entlockte. Schnell griff ich nach meiner Hose und suchte nach den Kondomen. »Fuck!«

»Hmmm?«, fragte sie benebelt.

»Vor lauter Chips und Bier habe ich die Kondome vergessen.« Plötzlich war sie wieder bei Sinnen.

»Damian! Ich werde nicht ohne Kondom mit dir schlafen!«

Es war auch nicht meine Absicht gewesen, ungeschützt mit ihr zu schlafen, zumindest jetzt noch nicht … Was dachte sie wohl von mir? Dass ich alles fickte, was nicht bei drei auf den Bäumen war?

»Verdammt! Hast du welche? Vielleicht im Kühlschrank?« Ich schenkte ihr einen verzweifelten Blick, was sie nur stumm lächeln und den Kopf schütteln ließ.

»Damian!«

»Halt die Klappe!« Ich beschloss, genau da weiterzumachen, wo ich aufgehört hatte. Meine Zunge vergrub sich tief in ihr. Ich saugte, leckte und ließ einen Finger in sie gleiten. Ihr Bein fing an zu zittern. Ihr Körper vibrierte und ich spürte, wie sich ihre inneren Muskeln um meinen Finger anspannten. Sie warf ihren Kopf in den Nacken und explodierte bei meinem letzten Zungenschlag. Erschöpft sank sie in die vielen bunten Kissen. Ich ließ mich neben sie auf die Couch fallen und genoss ihren Anblick. Sie drehte ihren Kopf zu mir und lächelte mich mit geschlossenen Augen an.

»Wo ist die nächste Tankstelle?«

Sie hob ihren Kopf und stützte ihn auf der Hand ab.

»Wieso, musst du auftanken?«

»Nein, Kleines! Kondome, du verstehst?«, sagte ich und zeigte auf meinen immer noch steinharten Schwanz. Die Röte schoss ihr ins Gesicht.

»Stimmt, aber so kann ich dich schlecht gehen lassen.«

Wäre sie irgendeine Tussi gewesen, hätte ich gesagt: Stimmt, denn du gehst! Aber nicht bei Cat, nicht bei dem Anblick, der sich mir hier gerade bot. Mit ihrem Zeigefinger winkte sie mich zu sich. Nur zu gern kam ich ihrer Aufforderung nach.

Sie gab mir Anweisungen, wie ich mich positionieren sollte. Mein Schwanz war direkt über ihrem Mund. »Fuck!«, stöhnte ich, als sie ihre Lippen fest um meine Eichel schloss und unter ihren langen Wimpern zu mir nach oben blickte. Ohne Rücksicht krallten sich meine Hände in ihre Haare. Dieses Gefühl war unbeschreiblich! In gleichmäßigen Zügen liebkoste sie meinen Schwanz, meine Eichel und meine Hoden. Ich konnte mich nicht erinnern, wann mir eine Frau das letzte Mal so einen geblasen hatte. Diese ganze Scheiße wie »*Steck ihn nicht zu weit rein, sonst muss ich würgen*« war bei Cat gar kein Thema. Beinahe genüsslich schlängelte sich ihre Zunge um meine Eichel. Das Saugen und das leichte Knabbern gaben mir den Rest. Sie wusste genau, was sie da tat, aber woher? Mit wie vielen war sie schon zusammen gewesen?

Eifersucht durchströmte mich. Meine Gedanken drifteten ab. Sie schien das zu registrieren, krallte ihre Fingernägel in meine Arschbacken und nahm ihn noch tiefer in sich auf. Dabei massierte sie mir den Damm, was mir ein gedehntes Stöhnen entlockte. Schweiß rann meinen Rücken hinunter. Mein Blut sammelte sich in meinem Lendenbereich und ich konnte nicht anders, als mit voller Wucht in ihrem Mund abzuspritzen. Stromschläge zuckten durch meinen Körper, während sie den letzten Tropfen Sperma schluckte. Ich fiel zurück auf die Couch und genoss die

Nachbeben meines Orgasmus. Wie von Ferne hörte ich, wie sie eine Flasche öffnete und ein paar Schlucke trank.

»Tankstelle?«

Ihr Haar stand ihr wirr vom Kopf. Auf ihren Wangen hatte sich eine wunderschöne Röte gebildet.

»Dusche?«, fragte sie schmunzelnd zurück.

Ich griff nach ihrem Arm und zog sie auf meinen Schoß. Sie japste auf, als sie meinen Schwanz zwischen ihren Schenkeln spürte.

»Wenn ich nicht sofort Kondome besorge, laufe ich Gefahr, dass ich dich gleich *richtig* ficke, verstehst du?« Um meiner Warnung Taten folgen zu lassen, ließ ich meine Eichel an ihrer Perle kreisen. Sie reagierte mit einem Stöhnen und warf ihren Kopf in meine Halsbeuge. Ihr Körper bebte, als wäre sie ausgehungert. Was tat ich da? Das war reinster Selbstmord. Ich wollte *sie* quälen, stattdessen quälte ich mich selbst und meinen Schwanz.

Sie wollte aufspringen, doch ich zog sie zurück und küsste sie. Ihre Zunge fühlte sich gut an und tatsächlich fiel es mir schwer, diesen Kuss zu beenden.

»Stopp, bevor ich mich vergesse«, raunte ich ihr ins Ohr.

Ich sprang auf, suchte meine Sachen zusammen und zog mich an. Sie tat es mir gleich, beschränkte sich aber auf ihren Slip und das Top. Den Versuch, sich einen neuen Pferdeschwanz zu binden, gab sie auf, und prustete stattdessen in die Luft. Ihre Brustwarzen strahlten durch den dünnen Stoff. Es fiel mir unglaublich schwer, meine Finger bei mir zu lassen. Ich trat über die Schwelle der Eingangstür. Eine Unsicherheit lag in ihren Augen, die sie gekonnt mit einem Lächeln überspielte.

»Wo ist denn nun die nächste Tankstelle?«

Sie biss sich auf die Unterlippe.

»Neben dem Zigarettenautomaten?«

Sie zuckte mit der Schulter. »Kennst du die Geschichte von dem Mann, der nur eben Zigaretten holen geht und nicht mehr zurückkommt?«

Ihre Unsicherheit war fehl am Platz. Sie verschränkte die Arme vor ihren Nippeln und versperrte mir so die Sicht darauf. Ich ließ sie zappeln …

»Was meinst du?«

Sie presste die Kiefer zusammen und wartete einen Moment ab.

»Kommst du wieder?«

Meine Mundwinkel zuckten. »Soll ich denn wiederkommen?«

Sie schlang mir die Arme um den Hals, stellte sich auf die Zehenspitzen und küsste mich energisch.

Mein Knurren war nicht zu überhören, als ich meine Hände in ihre nackten Pobacken grub, wir stöhnten beide auf.

»Ich werde dich gegen diese Wand ficken. Egal ob mit oder ohne Gummi!«, hauchte ich meine Worte in ihren Mund. Sie löste sich von mir und schenkte mir ein freches Lächeln.

»Geh, wenn du kannst …« Sie zwinkerte mir zu und schloss die Tür.

Ich holte tief Luft und bemerkte einen Schmerz zwischen meinen Beinen. Kein Wunder. Mein bestes Stück ragte wie der Eiffelturm nach oben. Verdammt, dafür würde sie büßen!

Kapitel 14 ∾ Catherina

Pretty Woman

Ich hörte, wie sich Damians schwere Schritte von mir entfernten. Was um Himmels Willen war da gerade passiert? Ich ging zurück in mein Wohnzimmer. Kissen lagen auf dem Boden. Es war stickig und roch nach Schweiß und Sex. Ich musste mich setzen, meine Beine waren ganz schön wackelig. Geistesabwesend schlang ich die Arme um ein großes lila Kissen und dachte nach. Eine innere Ruhe durchströmte mich. Ich war glücklich! Damians Gesicht tauchte vor meinem geistigen Auge auf. Die Lust, die er verspürte, während er mich berührte. Ich wollte mehr davon! Lächelnd ging ich ins Bad, stellte die Dusche an und schlüpfte darunter. Kalte Dusche, klarer Kopf, das war der Plan. Danach rieb ich mich mit meiner Lieblingslotion ein, die nach weißen Orchideen roch. Intensiv putzte ich mir die Zähne und startete einen Versuch, meine Haare zu frisieren. Zwecklos!

Eine gute halbe Stunde war vergangen, seit er die Wohnung verlassen hatte. Er müsste längst wieder hier sein. Mein Weg führte mich ins Schlafzimmer, wo ich mir schwarze Hot Pants und ein schwarzes Spaghetti-träger-Top aus dem Schrank fischte. Mein Spiegelbild tauchte vor mir auf, ich betrachtete meine feuchten, zerzausten Haare. Meine Wangen waren gerötet, ich wirkte rundherum erfrischt. Ob ich etwas Make-up auflegen sollte? Nein, wozu, schließlich erwartete ich ja nur einen der reichsten und bestaussehendsten Männer der Welt … Für diesen Witz spendete ich mir selbst eine Runde Applaus.

Dann kamen die Zweifel. Was wollte er eigentlich von mir? Ich wohnte in einem Schuhkarton, von einem Victoria's-Secret-Engel war ich weit entfernt und im Bett hatte er mit Sicherheit auch schon anderes erlebt. Außerdem war ich keine Alexandra.

Noch nie hatte ich mich so nackt und ausgeliefert gefühlt wie bei ihm. Gleichzeitig so geborgen und verstanden. Das machte mir Angst. Mein Blick flog zur Uhr. 1 Uhr morgens. Wie von selbst kneteten sich meine Finger. Natürlich müsste er längst wieder da sein. Tankstellen in der Großstadt hatten vierundzwanzig Stunden Dienst. Zu welcher Tankstelle war er gegangen? Nach Timbuktu? Wütend fuhr ich mir durch die noch feuchten Haare und rammte mir meine Fingernägel in die Kopfhaut, um wieder zu klarem Verstand zu kommen.

Fluchend ging ich zurück ins Wohnzimmer. Ich musste mich wohl als Gelegenheitsfick in eine lange Reihe beglückter Damen einreihen. Arschloch! Zornig manövrierte ich die von Damian mitgebrachten Sachen zurück in den Karton. Mit einem Ruck öffnete ich die Eingangstür und wollte die Erinnerung aus meiner Wohnung verbannen.

Da strahlten mich zwei blaue Augen an. Augen, die mir nur allzu vertraut waren. Mit einer großen Pizzaschachtel in der Hand stand er da und musterte mich mit einem Blick, der mich gleich wieder feucht werden ließ. Zu allem Überfluss fing dieser Mistkerl jetzt auch noch zu grinsen an.

»Wollen wir tauschen?«

»Ich wollte das gerade zur Tafel bringen«, fauchte ich ihn an.

»Die werden sich darüber freuen.« Er zwinkerte mir zu und ging wie selbstverständlich an mir vorbei ins Wohnzimmer. Mit offenem Mund blickte ich ihm hinterher. Ein seltsames Bild. Dieser große Mann in meiner kleinen Wohnung. Es wirkte unpassend. Immerhin schien er sich nicht unwohl zu fühlen, denn er kickte sogleich seine Schuhe von den Füßen und breitete sich auf meiner Couch aus.

»Tür und Mund zu, es zieht.«

Dieser Widerling! Mit einem Knall ließ ich die Tür ins Schloss fallen und blieb mit verschränkten Armen vor ihm stehen. Warum war ich so sauer? Warum brachte er mich ständig aus der Fassung?

Damian zog zwei Päckchen Kondome aus seiner Hosentasche und schleuderte sie neben die Kartons auf den Tisch. Sein Blick glitt von meinen nackten Füßen über meine Beine zu meiner Brust, die sich immer noch in schneller Folge hob und senkte.

»Glaubst du wirklich, dass ich meine Beine breit mache, nur weil du das willst?«

Mein Fuß fing an, nervös auf den Boden zu tippen. Er stand auf und beugte sich zu meinem Ohr.

»Nein, ich denke, du machst deine Beine breit, weil du das willst.« Er legte mir seinen Daumen ans Kinn und vergrub die restlichen Finger in meinen Haaren.

Mein Mund blieb bei dem Versuch, etwas zu sagen, offen stehen.

Ich machte instinktiv ein Hohlkreuz, als sein Daumen über meine Unterlippe strich und ich im gleichen Atemzug gierig und ausgehungert geküsst wurde. Wie von selbst schlangen sich meine Arme um seinen Hals. Zum Denken war es zu spät, da sich seine Hand bereits in meiner Hose und zwischen meinen Beinen befand. Mit seinem Daumen fing er an, meinen Kitzler zu umkreisen. Ich stöhnte in seinen Mund. Seine Finger bewegten sich schneller. Immer schneller, gefolgt von seinem Mittelfinger, der langsam in mich hinein glitt. Meine Beine begannen zu zittern und ich musste versuchen, mich von diesem Kuss zu lösen, um wieder zu Atem zu kommen.

»Hmmm«, hauchte ich, als er den Druck auf meinen Kitzler verstärkte. Ich stand kurz davor. Sein Griff um meinen Kopf wurde bestimmender. Er zwang mich, ihn anzusehen. Sein Atem ging schnell. Seine Lippen glänzten noch von unserem Kuss. Nicht fähig, ihm länger in die Augen zu sehen, schloss ich meine Lider, um mich weiterhin auf meinen kurz bevorstehenden Orgasmus zu konzentrieren.

»Ich geh jetzt duschen.«

Mit einem Mal war seine Berührung weg und er ließ mich mit meiner Lust sitzen. Ich war fassungslos. Kurz darauf hörte ich die Dusche rauschen. Dieser Mistkerl! Okay, er wollte spielen, ich auch. Lässig setzte ich mich auf die Couch, auch wenn mich das Kribbeln zwischen meinen Beinen in den Wahnsinn trieb.

Nach guten zehn Minuten kam er zurück. Oh nein,

jetzt bloß nicht sabbern ... Eines meiner Badetücher hing ihm tief um seine schmalen Hüften. Seine Brust glänzte von unzähligen Wassertropfen, die ihm zwischen die Furchen seines Sixpacks glitten. Seine handtuchtrockenen Haare standen ihm ihn alle Richtungen vom Kopf und sein Grinsen wirkte so selbstsicher, dass ich kurz davor war, ihn einfach mit dem Badetuch zu erwürgen. Unwillkürlich musste ich bei diesem Gedanken lächeln.

»Was gibt es da zu lachen?«, fragte er mich völlig ungeniert, als ob nichts gewesen wäre.

Ich zuckte mit den Schultern. »Ich lasse es wie Selbstmord aussehen.«

Er grinste frech zurück und enthüllte seine schönen Zähne. Meine Finger sehnten sich buchstäblich danach, die Konturen seines Sixpacks nachzuziehen, um es von den restlichen Wassertropfen zu befreien. Sein Lächeln wurde breiter, während er sich unerwartet das Handtuch von den Hüften zog und begann, seine Brust abzutrocknen.

Wie fies war das bitteschön? Da stand er nun. Nackt. War er schon immer so groß gewesen? Schnell schüttelte ich den Kopf und schaute ihm wieder in die Augen. Zumindest versuchte ich das ...

Er sah mich amüsiert an.

Diese selbstsichere Art verunsicherte mich, ich heftete meinen Blick auf meine nackten Füße.

Seine raue Stimme in dem kleinen Raum ließ mich erschauern: »Ich bin nackt! Du nicht ... Wo ist deiner Meinung nach der Fehler?«

Ich zog die Beine gegen die Brust, um meine verräterischen Brustwarzen zu verstecken.

»Dass du dich erkälten wirst, wenn du dir nichts anziehst? Selbst Höhlenmenschen bedecken ihren …« – wieder ein Blick auf Damians Pracht.

Plötzlich legten sich seine Hände auf meine Arme und mit einem Ruck schleuderte er mich laut japsend über die Schulter. Seine rechte Hand knallte auf meinen Po, während er das Schlafzimmer betrat, und hinterließ einen wohligen Schmerz.

»Höhlenmensch? Ich werde dir zeigen, was ein Höhlenmensch mit seiner Beute anstellt«, sagte er und biss mir in die Pobacke. Er warf mich aufs Bett. Meine Decke und meine Kopfkissen federten den Aufprall ab.

»Du rührst dich nicht von der Stelle!«, gab er bestimmt von sich.

Wo sollte ich auch hin? Aus dem Fenster springen kam nicht infrage. Zwei Stockwerke runter – das konnte verdammt wehtun. Ich salutierte im Liegen.

»Jawohl, Sir!«

Mit den Kondomen in der Hand trat er wieder ans Bett. »Braves Mädchen!«

Ich stütze mich auf meinen Unteramen ab und beobachtete ihn aufmerksam. Nachdem er sich das Kondom übergestülpt hatte, nahm er mich zwischen seinen kräftigen Schenkeln in die Zange.

»Scheiß auf langsam!«, knurrte er.

»Wie romantisch, Damian!«

»Scheiß auf Romantik! Ich will dich!«

In seinen Augen war die pure Lust. Lust nach mir.

Ratschsch! Mein Top hing in zwei Hälften an mir herunter und entblößte meine nackte Brust. Mit seinen Fingerspitzen kniff er mich in die Brustwarzen, ich schloss die Augen und warf meinen Kopf in den Nacken. Plötzlich war ich nackt.

Er sah mich an, wie es noch keiner vor ihm getan hatte.

Mit einer fließenden Bewegung lag er über mir und blickte mir so tief in die Augen, dass ich erschauerte.

»Es ist mir egal, ob du schon bereit für mich bist. Ich nehme mir jetzt genau das, worauf ich die ganze Zeit gewartet habe.«

Ich schluckte. Sein verhangener Blick jagte mir Ehrfurcht ein.

»Folgen deinen Worten auch Taten?«

Verdammt! Das hätte ich mir verkneifen sollen. Sein erster Stoß traf mich unerwartet. Kein Dirty Talk. Kein Warten! Unser Stöhnen durchbrach die Stille. Mein Körper krampfte sich zusammen, er musste sich an seine Größe gewöhnen.

»Alles okay?« Er hielt in seiner Bewegung inne und sah mir eindringlich in die Augen. Ich nickte. Himmel! Jetzt bewegte er sein Becken nach links und rechts, um mich vollends zu dehnen. Mein Körper fiel zurück auf die Kissen. Ich verhakte meine Arme über meinem Kopf, formte ein Hohlkreuz und reckte ihm meine Brüste entgegen. Heilige Scheiße! Sein Schwanz steckte so tief in mir, dass ich mich nicht bewegen konnte.

Damian schloss meine Schenkel um seine Hüfte, schon folgten die nächsten Stöße. Sie waren unkontrolliert und herrisch. Sie waren perfekt! Er stemmte meinen Hintern mit einer Hand in die Höhe und drang immer tiefer in mich ein. Er trieb mich in den Wahnsinn. Atme, Cat! Atme! Mitten in der Bewegung ließ er mich los und fixierte mich. Keuchend presste ich meine Schenkel gegen seine Seiten. »Nicht aufhören!«, brachte ich atemlos hervor.

Wieder drehte er mich auf den Bauch und verpasste mir einen Klaps auf den Po, ich ließ ihn reflexartig nach oben zucken. Vermutlich glänzte er schon in allen Farben. Damian griff nach ihm, streichelte sanft über die geschundene Stelle und stöhnte erneut auf, als er seinen Schwanz in mir versenkte. Wortwörtlich fickte er mich um den Verstand. Mit seinen langen, genau platzierten Stößen trieb er mich immer näher an meinen Orgasmus heran. Sanft zog er mich an den Haaren zu sich und raunte mir ins Ohr: »Selbst wenn ich wollte, ich könnte nicht mehr aufhören …« Das gab mir den Rest. Mein Hintern klatschte gegen seine Mitte, was ihn aufstöhnen ließ. Er platzierte seinen Arm zwischen meinen Brüsten, schlang sich meine Haare um die Faust und zog meinen Kopf nach hinten. Seine Lippen wanderten meine Halsschlagader hinauf bis zu meinem Kinn. Wieder fing er an, sich quälend langsam in mir zu bewegen. Mit seiner freien Hand strich er meine Hüfte entlang, bis er sein Ziel erreicht hatte: meinen Kitzler. Mit sanftem Druck umkreiste er ihn, bis ich unkontrolliert zu stöhnen begann. Seine Lippen trafen auf meine und brachten mich zum Schweigen. Meine Fingernägel bohrten sich in seine Lenden, jeden Stoß nahm ich genauestens wahr.

Inzwischen schrie mein Körper nach Erlösung. Ich war so kurz davor!

Dann hörte er auf. Er bewegte sich nicht mehr!

»Denk nicht mal im Traum daran, aufzuhören!«, knurrte ich ihn an. Ich spürte sein Lächeln in meiner Halsbeuge. Und dann …

… schnippte er gegen meine Perle und Sterne explodierten unter meinen Lidern. Ich wand mich in seiner Umklammerung. Bebend ließ ich zu, dass er mich in den Vierfüßlerstand brachte. Seine großen Hände umschlossen mein Becken und nach einigen schnellen Stößen ergoss er sich mit einem tiefen Stöhnen in meinen immer noch zuckenden Körper. Schwer atmend brachen wir auf dem Bett zusammen.

Nur unterbewusst bekam ich mit, wie er sich des Kondoms entledigte und sich wieder neben mich legte. Unser Atem durchbrach die Stille. Gemeinsam genossen wir die Nachbeben unseres Orgasmus, bis Damian sich auf die Seite drehte, seinen Kopf auf der Hand abstützte und mir ein hinreißendes Lächeln schenkte. Und dann – völlig unerwartet – begann er zu singen! Mit einer kläglichen Singstimme trällerte er drauflos. Ich musste lachen, als ich den Songtext erkannte. »Und jetzt alle!«, rief er, als er zum Refrain gelangt war, wo es um eine kirschsüße Lady ging. In diesem Moment sang er sich in mein Herz.

Seine Lippen trafen mich unvorbereitet. Dieser Kuss war anders. Anders als die vorherigen.

»Ich muss los, Chérie.« Er zwinkerte mir zu und suchte seine Sachen im Bad zusammen.

Einen Augenblick blieb ich noch in meinen Laken

liegen und summte den Ohrwurm vor mich hin. Der Geruch von frischem Sex lag im Raum, ich fühlte mich vollkommen befriedigt! Zum Abschied noch kuscheln? Nein, das war gar nicht mehr nötig. Ich schlüpfte in eine weiße Panty und ein weißes Top. Dieses Mal lehnte ich mich gegen den Türrahmen meines Wohnzimmers und sah zu, wie Damian ein Pizzastück aus der Schachtel fischte und es sich in den Mund schob. Leise räusperte ich mich und wartete, bis er sich mit vollen Backen zu mir umdrehte. Er verschluckte sich dabei und hustete kurz.

»Ihre Unschuld steht Ihnen ins Gesicht geschrieben, Frau Sanz«, sagte er und ließ die Pizza zurück in den Karton fallen. Genüsslich leckte er seine Finger ab und kam auf mich zu. Meine Stehlampe hüllte den Raum in warmes Licht, es ließ Damian ziemlich gefährlich wirken. Mit seinem Daumen strich er meine Lippenkontur nach, dann küsste er mich mit Hingabe. Was sollte ich davon halten?

Er löste sich von mir, atmete heftig aus und drehte sich kopfschüttelnd von mir weg. Verwundert beobachtete ich nun, wie er in seinem Geldbeutel wühlte.

Es war wie ein Schlag ins Gesicht, als er mir ein Bündel lila Scheine auf den Tisch warf und mit der Schulter zuckte.

»Du bist mehr wert!« Dann drehte er sich um und zeigte mir seine Rückansicht. Dieser Scheißkerl! Er behandelte mich wie die letzte Hure! Wut, Enttäuschung und – das Schlimmste – Tränen stiegen in mir auf. Nur mit Mühe konnte ich sie hinunterschlucken. Sollte ich ihn beschimpfen oder ihm etwa für die Nacht danken? Was war das hier? Eine Neuauflage von Pretty Woman?

»Bennett bekommt nur seine Provision. Der Rest ist für dich, wofür auch immer.«

Endlich konnte ich mich aus meiner Starre lösen. Mit erhobenem Kopf ging ich an ihm vorbei, öffnete die Haustür und zeigte mit der Hand nach draußen. An sich wollte ich kein kindisches Verhalten an den Tag legen, aber was hätte ich sonst tun sollen? Er wollte noch etwas sagen, aber ich knallte ihm die Tür vor der Nase zu. Mit dem Rücken rutschte ich an der Tür hinunter, kauerte mich am Boden zusammen und konnte endlich meinen Tränen freien Lauf lassen. Mein Schluchzen war so laut, dass ich selbst davor erschrak. Erst nach unzähligen Minuten schaffte ich es, mich wieder einigermaßen zu sammeln, und bemerkte, wie sich erst jetzt schwere Schritte von meiner Haustür entfernten.

Kapitel 15 ❧ Damian und Catherina

Dem Kleber sei Dank

Es war schon fast zur Gewohnheit geworden – ich erwachte mit einem Schmerz in meinem Schwanz. Wie ein trockener Ast streckte er sich mir entgegen. Der bloße Gedanke an sie … Fuck! Ich hatte sie doch nicht mehr alle!

Ja, ich war ein Arschloch! Aber wann hätte ich ihr das Geld sonst geben sollen?

Ach, Damian, du Schwachmat! Verdammt noch mal! Ich hatte sie hinter der verschlossenen Tür weinen gehört und war wie gelähmt gewesen.

Aber was kümmerte es mich? In einer Stunde würde ich sie wiedersehen – und zwar nicht nur sehen, so viel stand fest. Frisch geduscht und bester Laune erschien ich überpünktlich an meinem Arbeitsplatz.

Keine Spur von Cat. Pia hielt einen Jungen davon ab, einem Mädchen Kleber in die Haare zu schmieren, also: Auf in den Kampf! Ich nahm mir einen Stuhl und setzte mich neben Pia. Sie schenkte mir ein hinreißendes Lächeln, mit dem sie sicherlich schon den ein oder anderen Mann um den Verstand gebracht hatte.

Die Zeit verging heute besonders langsam. Ständig musste ich auf die Uhr sehen, um festzustellen, dass erst weitere fünf Minuten vergangen waren. Meine Finger waren voll mit UHU und bunten Papierschnipseln. Pia rieb ihren Oberschenkel an meinem und warf mir lüsterne Blicke zu. Mann, ging mir das auf den Sack! Hinter uns knallte es. Erschrocken drehten wir uns um und sahen Cat, die soeben ihre Akten auf den Tresen geschlagen haben musste. Ihr bitterböser Blick traf mich unvorbereitet. Sofort verschwand sie wieder.

»In letzter Zeit benimmt sie sich komisch«, stellte Pia fest.

Ich zuckte nur mit den Schultern. »Händewaschen«, erklärte ich, was mir nur ein Kopfnicken von Pia einbrachte. Ich musste zu Cat.

Mit dem Rücken zu mir stand sie in ihrem Büro am Schreibtisch. Als sie mich bemerkte, drehte sie sich erschrocken um und warf mir einen bösen Blick zu. Ich trat ein und verriegelte die Tür.

»Was willst du?«

»Pia meinte, du wüsstest, wie ich das« – ich hielt meine Hände nach oben – »wieder sauber bekomme. Mit dem Kleber, dem Glitzer und den pinken Schnipseln fühle ich mich auf seltsame Weise wie ein beschissenes Einhorn.«

Ihr Blick glitt zu meinen verzierten Händen.

»Hack sie dir ab!«

Autsch! Okay, andere Taktik. »Oder ...«, ich stieß mich von der Tür ab und kam vorsichtig vor ihr zum Stehen, »... ich klebe sie wo hin.« Mit diesen Worten griff ich um sie und positionierte meine Hände auf ihrem Hintern.

Sie japste und wollte mich von sich stoßen.

»Sorry, festgeklebt.«

Sie verdrehte die Augen und gab ein tiefes Schnauben von sich.

Da war sie wieder, mein Mädchen. Mit meinem Knie nötigte ich sie, ihre Beine zu spreizen. Meine Haut prickelte an der Stelle, wo ich ihre nackten Schenkel berührte. Die Luft war sichtlich erhitzt. Für das nächste Mal müsste ich mir einen größeren Raum suchen. Jedes Mal hecheln wie ein Dackel … Sie wehrte mich noch immer ab. Das passte mir nicht! Ich lehnte mich vor, bis mein Atem ihre Lippen streifte.

»Was soll das hier werden, Damian?«, fauchte sie mich an.

»Ich will dich! Jetzt!«

»Verpiss dich!«, schrie sie mich an und versuchte, sich aus meinen Armen zu befreien. Nein, das gefiel mir ganz und gar nicht!

»Ich vergaß, ich muss ja erst dafür bezahlen.« Shit, das war mir jetzt rausgerutscht.

Ich hörte den Knall, den ihre Ohrfeige auf meiner Wange hinterließ, und sah die Gekränktheit in ihren Augen. Meine Zähne verfingen sich an ihrer Unterlippe, biss hinein und leckte den Schmerz wieder weg. Sie stöhnte auf. Mit einer Hand räumte ich alles vom Schreibtisch, um Cat in die Waagerechte zu bringen. Stifte, Blöcke, Akten – alles flog wild in der Gegend herum und landete auf dem Boden. Mit meiner anderen Hand, die immer noch an ihrem Arsch klebte, zog ich ihr die Shorts aus.

»Praktisch, dieser Kleber«, hauchte ich ihr in den Mund. Der kleine Hauch von Nichts, der sie jetzt noch umhüllte, entlockte mir einen Seufzer. Ich ließ ihn sogleich ihren Shorts folgen. Erst jetzt stellte ich fest, dass ich sie unmöglich mit meinen Schmierfingern berühren konnte. »Fuck!«

Unter halb gesenkten Lidern schaute sie zu mir empor. Ihr dunkler Pferdeschwanz breitete sich auf dem Tisch aus, ihr von der Sonne gebräunter Körper bildete einen sichtbaren Kontrast zu der hellen Tischplatte. Mir war nicht nach langem Vorspiel. Aus meiner Hosentasche fischte ich ein Kondom, doch mit meinen schmierigen Händen konnte ich nichts machen!

»Scheißkleber«, fluchte ich, was mir Cats Aufmerksamkeit einbrachte. Sie richtete sich auf, saß nun zwischen meinen Schenkeln und lächelte teuflisch, während sie begann, ihre Möse gegen meinen Schwanz zu reiben. Biest!

»Oh, macht das kleine Kondom dem großen Mann etwa Schwierigkeiten?«

»Ich hab kein Problem, dich auch ohne zu vögeln«, knurrte ich.

Sofort riss sie mir das Kondom aus der Hand, entfernte es von seiner Verpackung und nahm meinen Schwanz. Er sah in ihrer kleinen Hand beinahe befremdlich aus, aber es fühlte sich so gut an! Fest umgriff sie ihn und fing an, mir einen zu wichsen. Meine Oberschenkelmuskulatur bebte. Mein Körper war angespannt. Sie beobachtete mich. Meine Reaktion. Ihr Lächeln wurde breiter, als sie feststellte, in welchem Rhythmus und in welcher Intensität sie ihn verwöhnen musste. »Zieh mir das Scheißding über, wenn du nicht willst, dass ich in deiner Hand komme.« Sie befolgte meinen Befehl, stand auf, drehte mir ihren Arsch zu und senkte ihren Oberkörper auf die Tischplatte. Braves Mädchen!

Meine ersten Stöße versenkte ich so tief in ihr, dass ihr Kopf von der Tischplatte hochfuhr und ihr Stöhnen durch den Raum drang. Ich liebte es, wenn sie ihre Lust in die Welt hinausschrie. Nein, nicht in die Welt … nur zu mir!

In diesem Moment merkte ich, wie sich ihre Beckenmuskeln anspannten und sich um meinen Schwanz schlangen. Wie von Sinnen stieß ich in sie und erschrak, als ich viel zu früh in ihr abspritzte. »Scheiße!«

Cats Lachen durchbrach die darauf folgende Stille. »Nur zu deiner Information«, sagte sie und zeigte mit ihrem Finger auf sich. »*Ich* war noch nicht so weit!«

Normalerweise wäre mir das scheißegal gewesen, hier aber musste ich schnellstens Schadensbegrenzung betreiben. Mein Blick fiel auf einen schwarzen Stift. Ich drehte Cat um und schrieb ihr meine Handynummer auf die linke Leiste.

»Ich muss meinen Fauxpas wiedergutmachen. Heute Abend bei mir?«

Ihr Lachen wurde flacher. Sie richtete sich auf und zog sich an. Was war hier los? Ich war sonst derjenige, der sich aus dem Staub machte. Stirnrunzelnd beobachtete ich sie.

»Ich kann nicht.«

Es folgte keine weitere Erklärung.

»Morgen, gleiche Zeit, in der Besenkammer?«

Sie schüttelte den Kopf. »Es gibt andere Frauen, für die du nicht bezahlen musst.«

Shit! Ich schlang ihr einen Arm um die Hüfte. Mit meiner anderen Hand, Glitzer hin oder her, drehte ich mir ihren Pferdeschwanz um die Faust und zwang sie, mich anzusehen. Mein Kuss war fordernd. Immerhin stieß sie mich nicht von sich, sondern erwiderte ihn. Außer Atem lösten wir uns voneinander.

»Komm zu mir, weil du es willst, nicht weil ich dafür bezahle.«

Sie wich meinem Blick aus.

»Ich kann nicht.«

Sie kann nicht, weil sie ein Date mit einem anderen hat, schoss es mir durch den Kopf.

»Dann vergiss es«, blaffte ich sie an und stapfte wütend zur Tür hinaus.

***

Pünktlich schaffte ich es zu meinem Banktermin. Ich hatte mein Outfit mit Bedacht gewählt: Der schwarze, knielange Rock mit der weißen Bluse und den halbhohen Pumps ließ mich zumindest nicht wie ein Schulmädchen wirken. Umso erschrockener war ich, als ich meine Mutter in einem abgewetzten Jogginganzug in der Bank sitzen sah. Ihre Haare waren fettig, nicht gekämmt. Ihr eingefallenes Gesicht wirkte grau, faltig und leblos. Aber sie war hier, nur das zählte. Herr Peters, unser langjähriger Bankberater, reichte mir die Hand und schenkte mir ein ehrliches Lächeln. Er bat mich, neben meiner Mutter Platz zu nehmen.

Herr Peters war ein attraktiver Mann. Mit seinen grau melierten Haaren und seiner Lesebrille wirkte er verständnisvoll und weltoffen. Seine feinen Falten trug er mit männlicher Selbstsicherheit, was ein wenig angsteinflößend wirkte. Trotz allem hielt ich ihn für einen aufrichtigen Menschen.

Ich schaute zu meiner Mutter, die nicht bei der Sache zu sein schien und ihren Blick lieber durch das Gebäude schweifen ließ. Ich seufzte und Herr Peters schien zu verstehen, worauf ich hinauswollte.

Unser Gespräch dauerte zwei Stunden. Zwei Stunden, in denen sich meine Nackenmuskulatur immer mehr verspannte. Ich rieb mir die schmerzende Stelle und brachte meinen Rücken in eine halbwegs aufrechte Position. Herr Peters beendete das Gespräch mit dem Satz: »Wenn es so weitergeht, können wir davon ausgehen, dass Sie in absehbarer Zeit schuldenfrei sind.«

Dieser Satz ging runter wie Öl. Gott sei Dank, die Plackerei würde bald ein Ende haben!

Meine Mutter sprang indessen von ihrem Stuhl auf und schrie: »Scheißkerl«, »Schlampe«, »ausgenutzt« und »Betrüger«. Etliche Bankkunden drehten sich kopfschüttelnd von uns weg.

Ja, in diesem Moment schämte ich mich für meine eigene Mutter. Wir würden Hausverbot bekommen, wenn ich dem Ganzen kein Ende setzte. Sie würde wieder in eine Depression verfallen, wo ich sie weinend vom Boden kratzen dürfte. Wie schon so oft.

Nein. Nicht schon wieder. Schnell war ich bei ihr und griff ihr unter die Arme, erschrocken darüber, dass sie nur noch aus Haut und Knochen bestand. Sie wehrte sich und richtete nun ihre Wut gegen mich.

»Du Balg! Was weißt du schon? Verschwinde und lass

mich in Ruhe! Du bist zu nichts zu gebrauchen genau wie dein Vater. Jemand, der seine Gesichtszüge hat, sollte sich in Grund und Boden schämen!«

Ich kannte ihre Beschimpfungen. Sie taten weh wie jedes Mal.

»Pscht«, versuchte ich sie zu beruhigen, um mein Familienchaos nicht unter der Beobachtung von Fremden auszufechten. Ich redete sanft auf sie ein, dass sie recht habe und wir uns jetzt wieder auf den Weg nach Hause machen würden. In so einer Situation war es das Beste, sie einfach nicht zu Wort kommen zu lassen. Reiner Selbstschutz!

Womit ich allerdings nicht gerechnet hatte, war, dass sich Herr Peters jetzt in unsere Fehde einmischte. Die ganzen Jahre war er nur stiller Zuhörer ihrer Ausfälle gewesen, aber anscheinend hatte ihn diese Szene so getroffen, dass sich eine tiefe Zornesfalte auf seiner Stirn gebildet hatte. In einer gefährlichen Tonlage richtete er das Wort an meine Mutter: »Sie haben keine Ahnung, wie stolz Sie auf Ihre Tochter sein können! Eine Tochter, die sich ihren Allerwertesten aufreißt, damit sie *Ihr* Leben in den Griff bekommt!«

Mit offenem Mund hörte meine Mutter zu.

»Catherina übernimmt seit Jahren die Mutterrolle. Sie, gute Frau, benehmen sich einer Mutter nicht würdig! Bekommen Sie Ihr Leben wieder in den Griff und seien Sie dankbar dafür, dass Sie noch jemanden haben, der sich um Sie kümmert. Und für Sie da ist!«

Fassungslos stand ich neben meiner Mutter. Der Blick des Bankberaters zeigte so viele Emotionen, dass ich ihm am liebsten um den Hals gefallen wäre.

Ich formte ein leises »Danke« mit den Lippen und nutzte die Gelegenheit, um meine sprachlose Mutter nach Hause zu befördern.

Kapitel 16 ∽ Damian und Catherina

Zwei wie Ketchup und Mayo

Der Wecker klingelte. Verdammt, um mich herum drehte sich alles. Ein widerwärtiger Geschmack nach Schnaps und Rauch lag auf meiner trockenen Zunge. Bescheuerte Idee, mich mit Kriss volllaufen zu lassen. Mühevoll tastete ich nach meiner Wasserflasche.

»Kuckuck, Flasche, wo bist du?«, murmelte ich vor mich hin. Das blöde Ding antwortete nicht … Ich hievte meinen Körper aus dem Bett, um kurz darauf festzustellen, dass ich meine Beine oben vergessen hatte. Mit einem dumpfen Knall landete ich auf dem harten Boden.

»Na super! Heute läuft's richtig gut!« Ich hob beide Daumen in die Luft, um sie meinen Beinen zu zeigen. Schwankend begab ich mich ins Bad. Ein pinkfarbener Kussmund zierte meine Wange.

Bah, Pink stand mir nicht! Ich verlor das Gleichgewicht und musste mich am Waschbecken abstützen, um nicht auf die Schnauze zu fallen.

»Uiuiui!«

Stolz wie Oskar, weil ich es geschafft hatte, zu duschen und mich richtig herum anzuziehen, stapfte ich in die Animation.

Und da war sie …

Der Grund für alles! Verdammt, sie sah zum Anbeißen aus. Ich unterdrückte einen knurrenden Laut und versuchte, mein wedelndes Schwänzchen in den Griff zu bekommen.

»Guten Morgen«, ertönte es hinter mir.

Ben ging an mir vorbei und lächelte mich an.

»Guut morning«, lallte ich und hob die Hand in Old-Shatterhand-Manier.

»Boa, Alter, hast du so eine Fahne?«, fragte mich Ben und hielt sich seine Hand unter die Nase.

»Welcheee meinst du? Deuttsschland? Brasiilien? Argentiniiien?«

Ben prustete los. »Nein ich meine deine Alkoholfahne …«

Ich tippte mir mit dem Finger an den Kopf. »Ich erinnere mich nicht, dass ich eine hätteee.«

»Oh Mann! Ich hoffe für dich, dass Cat …«, begann Ben und beendete abrupt den Satz.

»Was ist mit mir?« Anscheinend hatte sie nichts von unserem Gespräch mitbekommen. Ben wippte auf seinen Füßen und steckte sich die Hände in die Hosentaschen.

»Viel Glück beim Inferno«, sagte er grinsend und machte sich aus dem Staub.

Da stand ich nun mit ihr. Sie schaute mich aus zusammengekniffenen Augen an. Genau wie sie kniff auch ich nun meine Augen zusammen und spitzte meine Lippen. Meine Arme verschränkte ich hinter meinem Rücken und machte mich klein, sodass ich auf Augenhöhe mit ihr war.

»Siehste, so kuucken kann ich auch.«

Ich hätte schwören können, dass sie Blitze aus ihren wunderschönen Augen schoss. Gekonnt wich ich diesen

Blitzen aus. Nicht schwer, da sich der Raum ohnehin bewegte.

»Damian!«, fauchte sie in einem viel zu schroffen Ton. »Du bist betrunken!«

Ooh und scharfsinnig war sie.

»Yep!« Ich grinste sie breit an.

»In mein Büro, sofort!«

Hmmm, wie ich diese herrische Art liebte.

»Yes Ma'am«, sagte ich steif und salutierte. Angewidert schüttelte sie den Kopf und schwang ihren süßen Arsch direkt vor mir her ins Büro. Sie schleuderte ihre Bürotür auf und schloss sie lautstark, nachdem ich es geschafft hatte, einzutreten. Mann, konnte die böse schauen! Ich schluckte ein Lachen hinunter, weil sie offensichtlich dachte, sie könnte mich damit einschüchtern. Dann prustete ich los.

»Was ist denn so lustig?«

Vor Lachen wischte ich mir eine Träne aus dem Augenwinkel und antwortete: »Na duuu!«, was ihren Zorn nur noch mehr schürte.

»Was soll das, Damian? Dein Verhalten ist total unangebracht.«

Bla, bla, bla. Mit meiner Hand formte ich ein Krokodilmaul, welches ich auf und zu schnappen ließ. Warum hörte ich mir ihr Geschwätz überhaupt an? Viel interessanter war, wie ich sie dazu bekäme, sich auszuziehen. Ich legte meinen Zeigefinger auf den Mund und tippte ein paarmal auf meine Unterlippe.

»Damian? Hörst du mir überhaupt zu?«

Ertappt lallte ich: »Na looogisch ... Ich bedenke genauestens, was duuu alles nicht gesagt hast.« Ich grinste sie frech an. »Mein Schwänzchen tut weh! Kannst duuu mal blaasen?«

»Raus hier!«, fauchte sie.

»Sie meint es nicht so!«, versuchte ich meinen Schwanz zu beruhigen.

»Raus hier«, wiederholte sie und hielt mir die Tür auf. So war das nicht geplant!

»Aber iiich will miit dirr schlaafen«, erklärte ich und kam ihr immer näher.

Sie reckte arrogant ihr Kinn in die Höhe und sah mir in die Augen.

»Das wollen viele.«

Genau! Wahrscheinlich war sie erst gestern mit so einem Drecksack zugange gewesen.

»Hat sich alsoo dein gestriger Abend geloooohnt«, schoss ich zurück.

Verwirrung spiegelte sich in ihren Augen. Bis sie begriff, worauf ich hinauswollte.

»Und wenn schon, es geht dich nichts an«, gab sie in einem derart kühlen Ton zurück, dass ich ihn ihr am liebsten von den Stimmbändern gevögelt hätte. Ich presste sie gegen die Tür. Ihr Atem beschleunigte sich, aber ihre Augen blieben kalt. Ich ließ mein Geschlecht über ihren Bauch kreisen und stöhnte auf.

»Hör auf, mich ständig gegen eine Wand zu drücken, du Idiot!«

Ich liebte es, wenn sie mir nicht entkommen konnte, außerdem musste ich mich abstützen, damit ich mich nicht auf die Fresse legte. Mit meinen Fingerspitzen fuhr ich ihre Gesichtskontur nach und ließ den Philosophen raushängen.

»Cat, duu bist so intelligent wie eine Gazelleee und hast den Körper eines Elefanten.«

Hää?

»Nein! Ich meine andersherum!« Ich startete einen neuen Versuch. »Ich bin das Ketchuupp und duu die Majo. Ich bin das Glüück, du das Bäärchi. Wir gehören zusammen wiee Fing und Fang«, beendete ich meine geistreichen Einfälle.

Sie schaute mich immer noch böse an.

»Ich hätte da auch noch was Passendes«, sagte sie.

Patsch! Ein Schmerz durchzuckte mein Schienbein.

»Aua! Biist du noch zu retten?«

»Eigentlich dachte ich, dass mein Tritt besser zu deinem Arsch passen würde. Allerdings begnüge ich mich auch mit deinem Bein«, schnappte sie und verschwand zur Tür hinaus.

Na super … Ich Rindvieh!

***

Mein Handy vibrierte in Endlosschleife.

Ich hatte nur noch ein Kind zur Betreuung und meine letzte Arbeitsstunde war angebrochen. Ich riskierte einen Blick auf das Display. Unzählige Nachrichten von Damian. Die letzte:

Darf ein Trottel dich zum Abendessen einladen?

War der verrückt geworden? Ich schrieb zurück: *Nein danke!*

Bitte!

Mit meinem Elefantenkörper sollte ich lieber   nichts essen!

Ich habe auch Diät-Cola ;-)

Da musste ich lachen.

Zimmer 712, gleich nach Feierabend?

Ich entschloss mich, nicht zu antworten.

Jede Frau hätte in diesem Moment ohnehin laut »Nein!« geschrien. Jede, die ein wenig Achtung vor sich selbst hatte. Aber welche Frau hatte einen Mann wie Damian Dennert zur Auswahl? Verstand und Gefühl stritten heftig in mir. Was empfand er denn wirklich für mich? Er war unverschämt. Unverschämt gut … Nein, ich musste hart bleiben, ihn zappeln lassen.

Zu guter Letzt verlor mein Hirn gegen meine Libido. Verdammt!

Nach Feierabend stand ich also vor Zimmer 712. Bleiben oder gehen? Mein Herzschlag beschleunigte sich. Ich klopfte. Sekunden später öffnete sich die Tür. In seinem frisch rasierten Gesicht wirkten seine Augen intensiver, gefährlicher. Seine Haare waren zerzaust und sein Grinsen wirkte teuflisch. Er trug ein dunkelgraues V-Shirt und eine ausgewaschene Jeans.

»Komm rein.«

Als ich an ihm vorbeiging, wehte mir sein Parfüm in die Nase und vernebelte mir die Sinne. Warum musste er nur so gut riechen? Ich sah mich in dem Flur um. Er war größer als meine komplette Wohnung!

»Wow«, entfuhr es mir, als mir die traumhafte Aussicht aus dem Wohnzimmerfenster auffiel. Die Sonne ging gerade unter und tauchte den Raum in warme Rottöne. Damian räusperte sich neben mir, nahm meine Hand und schlenderte mit mir auf die riesige Terrasse. Ein festlich gedeckter Tisch stand für uns parat. Damian wartete hinter einem Stuhl, um ihn mir zurechtzurücken.

»Ich war mir nicht sicher, ob du kommen würdest.« Sein schlechtes Gewissen stand ihm regelrecht ins Gesicht geschrieben. Zwanzig Minuten waren seit unserer Texterei vergangen. Er musste den Köchen und Serviceleuten ganz schön eingeheizt haben. Und das alles meinetwegen …

Ich nahm Platz und bewunderte die phänomenale Aussicht. Damian entfernte die metallenen Gloschen von den Tellern und ein köstlicher Geruch stieg mir in die Nase.

»Ich wusste nicht, worauf du Appetit haben würdest, deshalb habe ich auf Verdacht bestellt.« Steak mit Folienkartoffel. Steinbuttfilet mit Senfsauce und Reis. Ein Salat und zwei Schokoladenkuchen rundeten die Auswahl ab.

»Ich nehme das Steak, bitte.«

»Was? Esst ihr Frauen nicht normalerweise Salat? Fisch hätte ich auch …«, erklärte er und wedelte mit dem Finger zwischen dem Fisch und dem Salat hin und her.

»Ich stehe auf Fleisch«, sagte ich entschlossen. Damian ließ beinahe die Gloschen fallen, gab sich aber geschlagen und nahm den Salat.

»Ich hasse Fisch …«, raunte er und setzte sich mir gegenüber.

Mein Fleisch war hervorragend. Damian kaute jedes

Salatblatt wie Kaugummi, ich musste lachen. »Möchtest du etwas abhaben?«, fragte ich.

Er winkte ab. »Nein, nicht nötig. Kühe kauen ihr Grünfutter auch stundenlang. Soll gut für den Magen sein.« Wir brachen in Gelächter aus.

Die Abendsonne tauchte die Stadt in eine Melancholie, die man mit Worten schwer beschreiben konnte. Der leichte Sommerwind ließ einzelne Strähnen meines Haars flattern. Ich genoss den Augenblick und war für einen kurzen Moment einfach nur glücklich.

Kapitel 17 ❧ Damian

Hexen brauchen einen Besen

Sie war atemberaubend schön – wenn sie mal den Mund hielt. Nach den paar Stunden Schlaf, die ich so bitter nötig gehabt hatte, sammelte sich mein Hirn endlich an dem Platz, wo es hingehörte. Ich hatte mich wie ein Trottel aufgeführt. Wieder einmal war Schadensbegrenzung die Devise. Schon lange hatte ich sie hier in meinem Bett vögeln wollen. Mein Plan: essen, entschuldigen, ficken. Warum war sie nur so still? Die Abendsonne legte sich auf ihre Gesichtszüge und ließ sie nachdenklich wirken.

»Woran denkst du?«

Sie wurde rot – und das lag nicht an der Sonne. Sie suchte nach Worten, fand sie jedoch nicht.

»Du denkst daran, etwas Schmutziges mit mir anzustellen, stimmt's?«, tippte ich.

»Ich hab noch nicht geduscht!«

Was?

Sie schüttelte beiläufig den Kopf.

»Perfekt!« Ich strahlte sie an und ging zu ihr hinüber. Sanft ergriff ich ihr dünnes Handgelenk und zog sie hoch, dann warf ich sie mir mit einem Ruck über die Schulter und hörte ihr lautes Aufkreischen, gefolgt von einem Lachen. Sie zappelte wild mit den Beinen.

»Damian, was soll das?«

»Ich bin ein Gentleman und helfe dir bei deinem Problem.«

Bevor sie etwas erwidern konnte, öffnete ich die Dusche und drehte den Strahl auf.

»Nein! Das wagst du nicht«, schrie sie auf Höhe meiner Kniekehle.

»Ich würde nicht darauf wetten«, sagte ich und stellte sie darunter. Kaltes Wasser schoss aus dem Duschkopf und durchnässte uns beide. Ihr lauter Schrei, gefolgt von einem herzlichen Lachen, ließ mich innehalten. Wie gebannt schaute ich zu, wie das Wasser an ihrem Körper hinunter lief. Das war besser als jeder Wet-T-Shirt-Contest! Die Kleidung klebte an ihrer Haut. Ihre langen, nassen Haare hingen über ihre Brüste und versperrten mir die Sicht auf meine zwei Freunde – ihre Brustwarzen.

Ich drehte den Temperaturregler warm und merkte, wie sich Cats Körper aus der Anspannung löste. Sie lächelte, es törnte sie an. Genau wie mich. Dann schloss sie die Augen und legte den Kopf nach hinten. Ich bückte mich, um ihr aus den Schuhen zu helfen. Mit meiner Hand drückte ich ihren Körper gegen die kalten Fliesen, was ihr einen erschrockenen Laut entlockte. Das Wasser tropfte mir von den Haarspitzen, ich strich es mit einem Zug nach hinten. Ihre leicht geöffneten Lippen luden mich ein – ich nahm die Einladung nur zu gerne an. Meine Lippen trafen auf ihre und bearbeiteten sie mit einer Intensität, als hätte ich sie seit Jahren nicht mehr geschmeckt. Dieser Kuss war nicht süß und unschuldig, nein, er war wild, leidenschaftlich und ganz nach meinem Geschmack. Ich schlang meine Arme um ihre schmale Hüfte und zwang sie, den Kuss zu unterbrechen, um mich anzusehen.

»Entschuldigung angenommen?«, fragte ich außer Atem.

»Noch lange nicht …«, hauchte sie und zog mich an meinem Shirt wieder an sich.

Ich riss ihr Oberteil in zwei Hälften.

»Du darfst auf der Liste der Entschuldigungen noch ein T-Shirt hinzufügen.«

Ihrem verhangenen Blick nach zu urteilen, war ihr nicht mehr nach Smalltalk. Ich öffnete ihren weißen Spitzen-BH und entblößte ihre perfekten Nippel. Das Wasser rann ihr unentwegt zwischen den Brüsten hinunter und durchnässte ihre Shorts. Ich zwickte sie in ihre Brustwarze, was ihr ein leises Stöhnen entlockte. Danach befreite ich mich von meinen durchnässten Sachen und warf sie achtlos auf den Boden. Meine Hände trafen auf ihre Brüste. Ich massierte sie, spielte mit ihnen.

Cat verfolgte alles genau. Verdammt, törnte mich das an! Mit meinen Daumen umkreiste ich ihre steinharten Nippel und jagte ihr eine Gänsehaut über die Arme. Ihr Becken schob sich nach vorne und fing an, kleine Kreise zu ziehen. Noch eine Einladung, wie nett …

Mit Absicht ließ ich ihr die Shorts an, die an ihr klebten, ein sehr erotisches Bild. Ich fuhr mit meiner Hand hinein, bis ich auf ihre Mitte traf. Cat sog scharf die Luft ein und warf ihren Kopf in den Nacken, dabei ertönte ein dumpfer Laut.

»Aua!«, fluchte sie plötzlich mit schmerzverzerrtem Gesicht. Dann kicherte sie über sich selbst. Ich liebte ihre Art!

Stopp, für sentimentale Scheiße war jetzt keine Zeit, ermahnte ich mich selbst.

»Du wirst sehen, was ich da noch vorhabe.« Ihre Augen weiteten sich. Noch immer mit der Hand in ihrem Schritt suchte ich mir den Punkt, an dem sie am empfindsamsten war. Unablässig beobachtete ich sie, wie sich ihr Atem verstärkte oder verlangsamte. Wie sie reagierte. Bis ich ihre Schamlippen öffnete und mit meinem Daumen eine fast unmerkliche kleine Wölbung fand. Sie keuchte auf und schloss die Augen. Bingo!

»Augen auf!«

Sie gehorchte und richtete ihren Blick wieder nach unten.

»Ich nehme an, dass du da«, ich hielt kurz inne und intensivierte meinen Druck auf ihren Kitzler, »besonders empfindlich bist, stimmt's?« Bevor sie etwas sagen konnte, presste ich meine Lippen auf ihre. Schmeckte sie. Ihre Zunge, das Wasser, welches immer noch an uns herunterlief. Ich achtete genaustens darauf, was ich mit meiner Hand anstellte. Auf den Druck. Die Schnelligkeit. Cat reagierte wie keine andere. Ihr Körper war wie ein offenes Buch, das ich einfach nur lesen musste.

Mit meiner freien Hand griff ich um meinen Schwanz, er trieb mich in den Wahnsinn! An meiner Eichel spürte ich immer wieder Cats nasse Haut. Mit gewohnten Zügen bearbeitete ich ihn und wurde bald rasend vor Lust, als Cat unseren Kuss unterbrach und anfing, mich zu beobachten. Sie war auf dem Weg zum Höhepunkt.

Auf keinen Fall! Langsam entzog ich ihr meine Hand, was mir ein Wimmern einbrachte. Ich massierte meinen Schwanz weiter und hielt dabei Cats Hand fest, da sie sich offensichtlich selbst Erleichterung verschaffen wollte. Soweit kommt's noch!

Sie funkelte mich böse an.

»Damian, das hier ist nicht wie in einem Buch! Ich kann nicht fünf oder sechs Mal kommen wie die Frauen in diesen Romanen! Mir reicht schon ein verfluchter Orgasmus!« Ihre Wangen färbten sich rot. Es fiel ihr schwer, über ihr sexuelles Verlangen zu sprechen. »Wenn ich so kurz davor bin und doch nicht zum Orgasmus komme, dauert es wieder ewig, bis ich bereit für einen neuen bin. Die meisten Kerle sind in der Zwischenzeit schon gekommen und bereits auf dem Weg nach Hause.« Sie ließ ihre Arme sinken und ein leiser Seufzer entfuhr ihr.

Hatte ich das mit dem offenen Buch vorhin laut ausgesprochen? Oder war sie eine Hexe, die Gedanken lesen konnte? Notiz an mich: Schenk ihr einen Besen zum Geburtstag.

Pech für sie, dass sie augenscheinlich noch nie richtig befriedigt worden war. Und Glück für mich. Denn jedes Mal, wenn sie zukünftig das Wort Sex hören würde, würde sie es mit mir in Verbindung bringen. Ich streckte meine Hand zur Siegerpose in die Luft und lächelte, was mir einen fragenden Blick von Cat einbrachte.

Mit ihrem Zeigefinger zeigte sie auf ihren Schritt und danach auf ihren Kopf. »Bei mir muss es hier und hier stimmen.«

Nur zu gut verstand ich, was sie meinte. »Danke für die Sexualkundestunde ... Bist du jetzt fertig? Können wir uns endlich wieder der Praxis widmen?«

Sie verdrehte die Augen und gab einen genervten Laut

von sich. Ein Quietschen folgte, als ich sie mit einem Ruck anhob, ihre Beine um meine Taille schlang und ihren Arsch knetete. Sie sah auf mich herab, das Feuer loderte noch immer in ihren Augen. Ich drehte das Wasser ab, öffnete die Tür der Dusche und trat mit ihr nach draußen. Ein angenehmer Luftzug hüllte unsere Körper ein und Cats Brustwarzen richteten sich sofort auf. Mit einem Grinsen stapfte ich mit ihr ins Schlafzimmer. Wir hinterließen eine nasse Spur auf dem weißen Hochflorteppich, bis ich an der unteren Kante des Bettes stehen blieb. Ich hauchte Cat einen leichten Kuss auf die Lippen, spürte ihre Zungenspitze und beförderte sie mit einem Schwung auf die Matratze. Ihre nassen dunklen Haare schlängelten sich um mein weißes Kissen. Ihr feuchter Körper glänzte im Abendrot des Himmels und mein steinharter Schwanz pochte unaufhörlich vor Freude, sie endlich in meinem Bett zu haben. Mit einer schnellen Bewegung verhakte ich meine Finger in ihren Shorts und zog sie samt Slip herunter.

Da war es – das Bild, welches sich mir auf der Netzhaut einbrannte: Cat, liegend auf weißen Laken. Nass, nackt und völlig hemmungslos. Ich fuhr ihr mit dem Fingernagel über die Ferse. Sofort versuchte sie, mir ihren Fuß zu entreißen, und unterdrückte ein Kichern.

»Nicht bewegen!«, wies ich sie an. Sie presste ihre Lippen aufeinander und versuchte zu gehorchen.

»Braves Mädchen«, hauchte ich und fuhr mit meinem Finger ihre Wade hinauf. Eine feine Gänsehaut wanderte über ihren Körper, als ich auf der Innenseite ihres Oberschenkels ankam. Ich kniete mich aufs Bett und hielt ihre Wade zwischen meinen Beinen gefangen. Ihr Körper spannte sich an, ihr Blick verriet pure Lust. Ich kam mit meinem Finger an ihrer Spalte an und fuhr langsam dazwischen. Sie war feucht – bereit! Tief schob ich meinen Finger in sie, weitet sie, kreiste in ihr. Sie stöhnte und versuchte ihre Schenkel zusammenzupressen. Wieder ermahnte ich sie, das sein zu lassen, indem ich meinen Finger aus ihr herausgleiten ließ. Sie verdrehte die Augen und gab einen genervten Ton von sich. Ich musste lächeln.

»Rutsch nach oben«, befahl ich. Verdutzt schaute sie mich an, blieb jedoch reglos liegen. Ich packte sie an der Taille und schob sie mit einem Ruck bis ans Kopfende.

»Was hast du vor?«

»Ich will dich sehen«, knurrte ich. Erschrocken riss sie die Augen auf, als sie bemerkte, dass mein Blick genau auf ihre Mitte gerichtet war.

»Nein, o nein«, gab sie gepresst von sich und drückte ihre Schenkel zusammen. Mühelos schob ich ihre Beine wieder auseinander, setzte mein Kinn oberhalb ihres Kitzlers an und rieb es an ihrer empfindlichen Haut. Sofort verfärbte sich die Stelle. Sie stöhnte vor Schmerz. Ich erstickte ihn, indem ich mit meiner Zunge die geschundene Stelle liebkoste. Sie schob mir ihr Becken entgegen und krallte sich in die Kissen. Gott, mein armer Schwanz! Mit Daumen und Zeigefinger weitete ich ihre Schamlippen und sah mir ihre Spalte genauer an. Da war sie, die kleine Wölbung. Grinsend beugte ich mich über sie, aus dem Augenwinkel sah ich, wie Cat mich beobachtete. Ich ließ meine Zungenspitze darüber gleiten und wartete ihre Reaktion ab. Sie belohnte es mit einem lauten Stöhnen und krallte sich in meine Haare. Volltreffer! Bedacht darauf, nicht zu viel Druck auszuüben, schnellte meine Zunge in flinken Bewegungen gegen ihren Kitzler. Ihre Fingernägel gruben sich in meinen Rücken – peinigten ihn. Unaufhörlich umkreise meine Zunge ihren Kitzler, bis sich ihr Körper unter mir anspannte. Sie wurde still. Hörte auf zu atmen und hob ihr Becken an. Mit meinen Händen umfasste ich ihren Arsch. Meine Daumen spreizten ihre Schenkelinnenseiten und ich verlor mich darin, ihr Lust zu bereiten. Ein letztes Mal saugte ich an ihrer Perle, da explodierte sie unter mir. Unkontrolliert fing sie an zu zucken, ihr Stöhnen hallte durch den Raum. Schnell ließ ich einen Daumen in sie gleiten und spürte, wie sich ihre inneren Muskeln um ihn spannten. Als die Wogen am Abklingen waren, entzog ich ihr meinen Daumen, leckte noch einmal über ihre Klit und richtete mich auf. Ihr Haar war total zerzaust. Ihr Körper zuckte und auf ihren Wangen hatte sich eine unverkennbare Röte gebildet. Ich hielt es nicht mehr aus. Ich musste sie ficken, und zwar sofort!

Kapitel 18 ❦ Catherina und Damian

Der Chaot und die Perfektionistin

Mein Gott, das war der Wahnsinn! Mein Körper krampfte immer noch von dem Orgasmus, den mir Damian gerade beschert hatte. Träge wand ich mich unter ihm, nicht fähig, klar zu denken. In diesem Moment konnte ich einfach nur fühlen. Der leichte Sommerwind, der durch die offene Terrassentür hereinwehte, spielte mit meinen Brustwarzen und hinterließ eine Gänsehaut. Ich sah in Damians Augen. Eine animalische Lust spiegelte sich darin und ließ mich wieder feucht werden. Unglaublich … Er sah unverschämt gut aus.

Da passierte es. Er drang in mich ein. Ich schrie auf, weil die Dehnung so unerwartet kam. Ich hatte keine Zeit gehabt, mich an seinen Umfang zu gewöhnen. Meine Augen schlossen sich und mein Kopf fiel zurück. Ein animalischer Laut durchbrach mein Stöhnen.

»Fuck! Du fühlst dich so gut an.« Er verharrte in seiner Bewegung und beobachtete mich. Erst jetzt verstand ich, was er da gesagt hatte.

»Kondom?«

»Shit! Ich …« Er verspannte sich, als ob er unvorstellbare Schmerzen hätte. »Catherina, ich will dich, voll und ganz!« Quälend langsam glitt er aus mir heraus.

Stopp! Ich wollte ihn doch auch! Ich fühlte mich sicher bei ihm.

Zögerlich begann ich zu flüstern: »Ich habe mich vor

circa drei Jahren testen lassen. Seitdem habe ich nur mit dir geschlafen. Die Pille nehme ich … – Moment, ich weiß nicht …« Ich konnte meinen Satz nicht beenden. Seine Augen verdunkelten sich.

»Ich habe mich erst vor Kurzem testen lassen und seitdem hatte ich nur mit dir Sex.« Er lächelte. »Die Pille nehme ich zwar nicht, aber ich weiß, dass ich nicht schwanger werden kann.«

Denken, zum jetzigen Zeitpunkt, unmöglich!

»Entschuldige, es wird schnell gehen. Aber ich verspreche dir, dass ich es wiedergutmachen werde.«

Was?

Er stieß zu. Ich schrie auf und versuchte mich aus seiner Umklammerung zu befreien. Sinnlos. Seine Stöße wurden schneller, unkontrolliert drang er immer heftiger, immer tiefer in mich ein. Schweißperlen glänzten auf seiner Brust, während sich seine Muskeln anspannten. Am liebsten hätte ich ihn fotografiert. Jeden noch so winzigen Moment festgehalten. Dieses Mal drehte er mich nicht auf den Bauch. Dieses Mal blieb er über mir, verhakte seine Finger mit meinen und sah mich einfach nur an. Seine Brustwarzen verhärteten sich. Sein Körper war bis aufs Äußerste angespannt, als er zum letzten Stoß ansetzte und mit einem tiefen Stöhnen in mir kam. Schwer atmend sackte er auf mir zusammen.

Ich atmete den Geruch von nackter Haut, frischem Schweiß und ganz viel Sex ein. Dann versenkte ich eine Hand in seinem Haar und fuhr mit der anderen sanft über seinen Rücken bis zur Rundung seines Hinterteils.

Mannomann, hatte der einen festen Po! Das war mir bis dato nicht einmal aufgefallen.

Damian lächelte in meiner Halsbeuge.

»Das ist mein Arsch, soll ich euch beide bekanntmachen?«

Erwischt.

»Ein anderes Mal vielleicht«, lächelte ich ihn träge an.

Damian gönnte mir noch einige Minuten, in denen ich ihn einfach nur spüren konnte. Fast schon liebevoll strich seine Hand mir über die Wange.

»Bereit?«, fragte er sanft.

»Für was?«

Die Antwort folgte, indem er seinen Schwanz in mir versenkte.

Damian löste sein Versprechen ein. Er ließ sich Zeit und verschaffte mir zwei weitere unglaubliche Orgasmen. Völlig befriedigt, ausgelaugt und müde lag ich nun neben ihm. Seine Nachttischlampe erhellte meinen zum Teil in Laken gehüllten Körper. Damian lag, wie Gott ihn geschaffen hatte, neben mir. Seine Augen waren geschlossen und ein zufriedener Gesichtsausdruck spielte um sein atemberaubendes Gesicht. Ich erlaubte mir, ein weiteres Mal an diesem Abend, einfach nur glücklich zu sein.

***

Wow! Ich konnte mich nicht daran erinnern, jemals so geilen Sex gehabt zu haben. Mein Plan war aufgegangen: gutes Essen, Vergeben und Sex. Ganz viel Sex! Es fehlte nur noch eins: die Wahrheit. Die Antworten auf meine Fragen.

Seit drei Jahren hatte sie also keinen Sex mehr gehabt? Bei dieser Aussage hätte ich sie am liebsten verschlungen. Warum dann dieser Escort-Dienst? Ich war ratlos, außerdem hasste ich es, im Dunkeln zu tappen, vor allem bei Personen, die mir wichtig waren. Ihre dunklen Haare rahmten ihr schönes Gesicht. Sie wirkte zufrieden. Glücklich.

»Warum arbeitest du für Bennett?«

Sie holte tief Luft, bevor sie ihre Augen öffnete.

Buchstäblich die falsche Frage im falschen Moment. Es war mir scheißegal. Ich wollte die Wahrheit und ich wollte sie genau jetzt! Sie schlug die Decke zur Seite, stieg aus dem Bett und suchte ihre Sachen.

»Ach komm schon … Dieses ständige Weglaufen wird müheselig.« Ich drehte mich auf den Rücken und verschränkte die Arme hinter dem Kopf, während sie mir einen vernichtenden Blick zuwarf.

»Ich bin kein geduldiger Mensch, Cat. Wenn ich was will, bekomme ich es auch.«

Freudlos lachte sie auf.

»Manchmal muss man Dinge tun, auf die man nicht stolz ist.«

Ich sah ihre Fassade bröckeln.

»Wenn du nicht topless nach Hause fahren willst, setzt du dich jetzt zu mir und wir reden wie zwei normale Menschen miteinander.«

Ich musste lächeln. Die Schamesröte stieg ihr ins Gesicht, als sie begriff, dass ich ihr Oberteil komplett zerrissen hatte. Ihr Anblick war einfach famos! Gespannt wartete ich darauf, welcher ihr nächster Zug wäre. Ihre Schultern sackten nach unten und sie gab ein tiefes Schnauben von sich, bevor sie eine Hand in die Hüfte stemmte und in genervtem Ton fragte: »Ich nehme an, du wirst mir kein Shirt von dir leihen?«

Grinsend schüttelte ich den Kopf.

»Es reicht auch nicht, wenn ich sage, dass das meine Angelegenheit ist und es dich überhaupt nichts angeht?«

Wieder schüttelte ich den Kopf. Ich klopfte mit einer Hand neben mich auf die Matratze. Sie gehorchte. Ich wartete ab, bis sie die richtigen Worte fand.

»Im Großen und Ganzen ist mein Vater an allem schuld. Meine Eltern waren über zwanzig Jahre verheiratet, bis er meine Mutter plötzlich für eine andere verließ.« Sie holte tief Luft, bevor sie weitersprach: »Er war selbstständiger Geschäftsmann. Wir führten ein angenehmes Leben, wenn man das so nennen kann, denn mich behandelte man wie Luft. So, als wäre ich unsichtbar. Geschäfte, immer nur Geschäfte. Geschäftsessen, Geschäftstermine, Buchhaltung über Geschäfte. Meine Mutter tat alles für ihn. Irgendeine Ausrede fanden meine Eltern immer, um sich nicht mit mir beschäftigen zu müssen. Ich zog mich quasi alleine groß. Auf ihre Weise haben sie mich sicher geliebt, nur konnten sie es nicht zeigen. Immerhin, ich hatte was zu essen, saubere Kleidung und ein Zuhause. Das musste genügen. Und das tat es auch.« Sie holte tief Luft.

»Ich flüchtete in die Welt der Bücher. In die Welt der Fantasie. Märchen, Geschichten, Erzählungen … Das war mein Leben. Alles, was man lesen konnte, sog ich automatisch in mich auf.« Sie lachte freudlos. »Ich wollte nur geliebt werden.« Für einen kurzen Moment hielt sie inne. »Tja … und dann traf meine Mutter die bittere Wahrheit.«

Ich veränderte meine Sitzhaltung und rutschte näher zu Cat.

»Wie sich herausstellte, hatte er zu Beginn der Ehe bereits Affären gehabt. Seine Geschäftsgelder flossen nicht auf unser Konto, sondern auf die Konten von Escort-Weibern, die es sich auf unsere Kosten gut gehen ließen. Permanent stritten sich die beiden. Irgendwann war es nur noch der pure Horror. Da konnte selbst kein Buch mehr helfen. Ich wusste nicht, was schlimmer war: die Nichtbeachtung oder dass ich laut Aussage meiner Mutter plötzlich an allem schuld war. Wäre ich nicht zur Welt gekommen, hätte sie mehr Zeit für meinen Vater gehabt und es wäre alles nicht so weit gekommen. Ich war ein Unfall.« Wieder entrang sich ein tiefer Seufzer ihrer Brust. Sie sah mir direkt in die Augen. »Kennst du das Gefühl, einfach nicht beachtet zu werden?«

Nein, dieses Gefühl kannte ich nicht. Meiner Schwester und mir fehlte es an nichts. Weder emotional noch materiell.

Sie sprach weiter. »Das Ganze hatte ein Ende, als er sich mit seiner Neuen nach Spanien absetzte. Danach folgte der nächste Schock. Die Scheidung war durch und es stellte sich heraus, dass er uns mit über einer viertel Million Schulden hatte sitzen lassen.«

Ich strich ihr eine Haarsträhne hinters Ohr und wartete ab.

»Ich war vierzehn!« Sie lachte höhnisch auf. »Mir blieb nichts anderes übrig, als irgendwie an Geld zu kommen. Lange Zeit arbeitete ich heimlich als Spülhilfe. Für einen Hungerlohn! Kaum zu glauben, wie korrupt mancher Arbeitgeber sein konnte. Egal, ich tat alles, weil meine Mutter nicht mehr in der Lage dazu war.«

»Wieso?«

Cat knetete ihre Hände.

»Meine Mutter wurde krank. Eine bipolare Störung, hatte der Arzt diagnostiziert.«

Fragend sah ich Cat an, die versuchte, es mir in kurzen Sätzen zu erklären. »Hochphasen, Tiefphasen – Depressionen. Meistens ist sie kaum ansprechbar. Sie lebt nicht mehr im Hier und Jetzt. Sie hat sich ihre eigene Welt aufgebaut, in der es nur Tränen und Beleidigungen gibt. Ich tue alles dafür, dass sie in ihrem Haus weiterleben kann. In meinem Elternhaus! Wenn die Bank sich das auch noch unter den Nagel reißen würde – das wäre nicht auszudenken.«

Eine Träne löste sich aus ihrem Augenwinkel.

»Ich hatte bis zu drei Jobs gleichzeitig und drückte am Abend noch die Schulbank.« Sie zuckte mit der Schulter. »Irgendwie musste ich das alles finanziert bekommen. Ich durfte nicht verhaltensauffällig werden, ich konnte sie doch nicht allein lassen. Dazu kam die Angst, dass sich meine Mutter in meiner Abwesenheit etwas antun könnte. Ständig versteckte ich alles Gefährliche wie Messer, Gabeln, Rasierklingen, Putzsachen und Medikamente vor ihr. Aus Angst, sie auch noch zu verlieren.«

Cat redete sich alles von der Seele, was sie anscheinend all die Jahre allein mit sich herumgeschleppt hatte. Mein Gott, mein schlechtes Gewissen erdrückte mich beinahe. Meine Montblanc, die ich gelegentlich ums Handgelenk trug, kostete mehr als der Schuldenberg, den Cat gerade abzuarbeiten versuchte.

»Es steckt viel Ironie in der ganzen Sache.«

Ich zog eine Augenbraue hoch und fragte: »Was meinst du?«

Ihre Stimme war nur noch ein Flüstern: »Jetzt gehe ich mit Männern aus und nehme deren Geld. Ich bin zu so einer Frau geworden wie die, die meinen Vater beglückt und meine Mutter und mich ins Unglück gestürzt haben.«

Nun verstand ich, warum sie das alles auf sich genommen hatte.

»Aber ich hatte auf diese Weise endlich eine Möglichkeit gefunden, in kürzester Zeit viel Geld zu verdienen. Trotz allem habe ich auch eine Bewerbung an euer Hotel geschickt. Meine hart erarbeiteten Qualifikationen reichten wohl nicht aus, weshalb man mir nur die Stelle als Animateurin anbot. Doch ich ließ mich nicht unterkriegen, bildete mich in diesem Bereich weiter und weiter, nur um in der Nähe meiner Mutter bleiben zu können. Du weißt bereits, wer meinen Job bekommt …«

Sie schaute mich aufmerksam an.

»Du gibst mir die Schuld daran?«

»Nein … Ja … Ach, ich weiß es nicht!« Sie fuhr sich

mit den Händen übers Gesicht. »Damian, ich habe viele Probleme. Noch dazu steige ich mit dem Juniorchef ins Bett. Was wird man von mir denken, wenn das herauskommt? Meinen Job bin ich dann los!«

Mein Blick wich ihrem aus, während sie mit selbstsicherer Stimme hinzufügte: »Du bekommst das, was ich will, und willst es nicht einmal, stimmt's?«

Ich wusste es nicht. Ich konnte ihr in diesem Moment nicht antworten. Ich musste meine Gedanken sortieren. Ich brauchte Alkohol! Nur mit einer Jogginghose bekleidet und meinem treuen Freund Jack Daniels in der Hand trat ich auf die Terrasse. Dunkelheit hüllte mich ein. Ich sah Cat völlig entblößt auf meinem Bett sitzen, den Blick zu Boden gerichtet. Sie war nackt – physisch wie psychisch. Ihr Anblick war zu viel für mich.

Schwer ließ ich mich auf einen Terrassenstuhl fallen und nahm einen großen Schluck aus der Flasche. Zwei Zigaretten und eine dreiviertel Flasche später fing ich an nachzudenken. Mir wurde bewusst, wie unterschiedlich unsere beiden Leben waren. Ich feierte – sie arbeitete. Ich lebte mein Leben, wie ich es wollte – sie lebte nach einem genauen Plan. Sie wusste, was sie wollte – ich hatte keinen Schimmer. Ich war der Chaot – sie die Perfektionistin. Was für ein Kontrast. Mittlerweile war die Flasche leer und ich voll.

Toll! Wieso saß ich hier und hinterfragte mein Leben? Es war doch bisher alles einwandfrei gelaufen – bis *sie* aufgetaucht war. Verdammt! Unsere Leben waren zu unterschiedlich, das würde niemals funktionieren.

Oder etwa doch? Sie weckte Gefühle in mir. Gefühle,

die ich nicht einordnen konnte. Für dieses Eingeständnis musste ich erst einmal Jacky befragen, doch Jacky war leer. Alles drehte sich. Und ich glaubte zu hören, wie Jacky antwortete: »Du liebst sie, du Schwachkopf!« Meine Gefühle überschlugen sich. Hatte die Flasche recht? Ich schüttelte den Kopf über mich selbst. Tatsache! Ich liebte sie …

Damian, du Taugenichts! Dein Plan war: Sie sollte sich in DICH verlieben und nicht andersherum. Mein Leben **war das absolute** Chaos. Der Alkohol, die Partys, die unzähligen Frauen. Nein, ab jetzt nur noch die Eine …

»Ca… – Cati … Cat! Iiich liebeee dich!«

Wow! Das hörte sich richtig gut an. Wankend begab ich mich zur Terrassentür. Du gehst da jetzt rein und sagst Cat, dass du ihr in allen Belangen helfen wirst und dass sie sich keine Sorgen mehr machen muss! Weil … ja, weil du … (ich zeigte mit beiden Daumen auf mich), weil du sie liebst! Bester Plan ever! Ich grinste.

Als ich stolpernd durch die Terrassentür ins Wohnzimmer flog und dabei »Cat!« brüllte, geschah – nichts! Das Zimmer war leer. Sie war weg.

Fuck!

Kapitel 19 ∾ Catherina und Damian

Außergewöhnliche Entscheidung

Aua!« Ich rieb mir über den schmerzenden Nacken. Bürotische waren eindeutig nicht zum Schlafen konzipiert. In einer Stunde war Arbeitsbeginn und meine Augen brannten von den nicht enden wollenden Tränen, die ich wegen dieses, dieses … Oh verflucht! Ich war so bescheuert!

Meine Bürotür sprang auf und meine Augen weiteten sich, als Damian lallend eintrat.

»Wa-rumm bist duuu abgehauen? Iich habe dich gesucht!«

Sein Atem stank widerlich nach Alkohol, mein Büro nahm die Atmosphäre einer abgeranzten Bar an. Nicht schon wieder! Mein Blick verfinsterte sich, doch er lallte weiter.

»Ohhh, woww! Du siehst echt beschissen aus, fast sooo, wie ich mich fühleee.«

War das sein Ernst? Ich ballte meine Hände zu Fäusten und schlug sie auf den Tisch, ein bitterer Schmerz durchzuckte meinen Körper.

»Verschwinde!«, brüllte ich. Ich brauchte ein Lexikon für all die Schimpfwörter, mit denen ich ihn anschreien wollte. Er torkelte.

»Ich muss dir was saa…«

Ein Stifthalter verfehlte nur knapp sein Ohr, Kugelschreiber prallten an seiner Brust ab. Ich hatte das

Werfen über Nacht noch immer nicht gelernt. Gab es denn hier nichts, was richtig wehtat? Eine Axt oder ein Küchenmesser?

»Hör auf mit dem Quatsch«, nuschelte er.

Ich griff nach einem Ordner.

»Okay!« Er hob beschwichtigend die Hände und säuselte: »Wir reden später, wenn du wieder normal bist!«

Ich?

Mein Ordner traf die Tür, die Damian hinter sich schloss. Mein Augenlid zuckte vor Anstrengung. Ich war übermüdet, ausgelaugt und kraftlos. Noch dazu völlig ratlos. Mein Körper fiel zurück auf meinen Stuhl. Schluss damit!

Zum ersten Mal traf ich eine für mich außergewöhnliche Entscheidung. Die Folge daraus – ich übergab mich in meinen Mülleimer.

***

Acht Wochen später …

Kaum zu glauben! Sie hatte sich einfach aus dem Staub gemacht. Kein Anruf. Keine Mail. Kein auf Wiedersehen. Keine beschissene Erklärung. Sie war einfach weg. Spurlos verschwunden. Vermutlich brauchte sie Abstand, den ich ihr auch gab. Abgesehen von den circa zweihundert Mails.

Ich fühlte mich hundeelend. Mein Vater zitierte mich am Tag von Cats plötzlichem Verschwinden in sein Büro. Er war außer sich. Ich tat es mit einer Handbewegung ab und dachte, es würde schon alles wieder ins Lot kommen. Falsch gedacht! Sie hatte ihren kompletten Jahresurlaub genommen und war aus meinem Leben verschwunden.

Am liebsten hätte ich ihr die Tür eingetreten. Sogar ihre Mutter hätte ich aufgesucht. Zu allem wäre ich bereit gewesen für die Frau, in die ich verliebt war. Doch ich gab ihr die Zeit, die sie anscheinend brauchte. Verkroch mich stattdessen in meinem Liebeskummer. Ich musste lachen. Ich und Liebeskummer …

Kopfschüttelnd betrachtete ich die Menschen, die sich zu meinem dreißigsten Geburtstag in unserem Hotel eingefunden hatten. Meine Eltern scheuten keine Kosten und Mühen. Sogar meine Schwester war von einer ihrer zahlreichen Reisen zurückgekehrt. Sie sah gut aus, so erwachsen. Im Gegensatz zu mir war sie mit sich im Reinen.

Mich nervte einfach nur alles. Der DJ, die zweihundert Gäste, das Motto *Black and White*. Es war mir scheißegal! Mein Blick fiel auf meine Eltern, die an der Bar standen und herzlich miteinander lachten. Ob es wohl ein Patentrezept für die Liebe gab?

»He, du langweiliger Lappen«, schrie Kriss gegen die dröhnende Musik an.

Ich änderte meine Sitzhaltung und sah in die Runde. Meine Schwester legte mir die Hand aufs Knie und drückte es. Ich verstand, was sie damit meinte. Zwischen uns funktionierte die stille Kommunikation immer noch am besten. Sie wusste, dass ich Kriss in meinem jetzigen Zustand hätte zu Brei schlagen können. Wie damals bei Alexandra. Egal, er konnte dieses Secondhand-Weib gerne haben. Trotzdem, es war einfach nicht nett, mir mein Spielzeug wegzunehmen. – Shit! Diesen Satz hatte Cat auch benutzt, als sich zwei Jungs um eine Batman-Figur gestritten hatten. Ich schenkte Kriss ein spöttisches Lachen.

»Halt's Maul, Kriss, und kümmere dich lieber um deine Begleitung. Sie sieht gelangweilt aus!«

Er machte eine abfällige Handbewegung in ihre Richtung und murmelte etwas vor sich hin. Manchmal war er wirklich ein Arschloch! Der Gedanke, dass ich genauso war, versetzte mir einen Stich. Kriss hielt mir einen Tumbler mit bernsteinfarbener Flüssigkeit hin. »Doppelt, ohne Eis, happy birthday!«

Als ob das meine Probleme lösen würde. Im Gegenteil. Kopfschüttelnd lehnte ich mich zurück. Der Griff meiner Schwester wurde sanfter und sie schenkte mir ein aufrichtiges Lächeln.

»Du hast dich echt in eine Pussy verwandelt!«, höhnte Kriss und lachte.

Es war mir egal. Mein Blick schweifte über die Menge. Viele Mitarbeiter feierten ausgelassen, wobei sich die Crew der Animation im Hintergrund hielt. Die restlichen Gesichter kannte ich nicht einmal. Bis mein Blick an einer Person hängenblieb. Mir stockte der Atem! Nicht weit vom Eingang entfernt stand SIE. Unverkennbar. Sie trug ein weißes, atemberaubendes Kleid, ihre Haare fielen ihr glatt über die Schultern. Sie war so schön. Das Einzige, was an ihr nicht passte, war der wütende Gesichtsausdruck. Sie erdolchte mich mit ihrem Blick. Im Ernst?

Oh nein, meine Liebe … Wenn hier jemand sauer sein durfte, dann ja wohl ich!

Kapitel 20 ❧ Catherina

Wir müssen reden!

Unglaublich, nicht zu fassen! Dieser Mistkerl! Ich hatte die schlimmsten Wochen meines Lebens hinter mir und Casanova hatte schon wieder eine Neue am Start. Wochenlang hatte ich mir die Augen aus dem Kopf geheult. Mein Leben war in höchstem Maße außer Kontrolle geraten und ER war schuld! Feige hatte ich mich bei meiner Mutter verkrochen. Ich wollte niemanden hören oder sehen. Trotz ihrer Krankheit fiel das sogar meiner Mutter auf. Wenigstens besserte sich ihr Gemütszustand, wohingegen meiner sich nur weiter verschlechterte, bis ich erfuhr …

Oh, er stand auf. Meine Güte … Ich hatte vergessen, wie gut er aussah! Nein, Schluss damit. Du bist sauer und hast diese Situation mindestens hundertmal vor dem Spiegel geübt. Deine Wut treibt dich an. Tschackaaa!!!

Die Brünette neben Damian versuchte ihn zurückzuhalten, doch er entzog sich ihr. Wenigstens das! Moment mal! War die Brünette vielleicht … Alexandra? Sie war außergewöhnlich schön. Damian und sie wirkten sehr vertraut miteinander. Na toll! Ich hatte keine Chance. Was für eine bescheuerte Idee, hier aufzutauchen. Wir duellierten uns mit unseren Blicken, bis er vor mir stehen blieb und auf mich herabsah. Einige Sekunden verstrichen, dann griff er nach meinem Handgelenk und schleifte mich rasant hinter sich her durch den Saal. Die

Gäste beobachteten uns, während wir den Saal verließen. Er drückte so fest zu, dass ich mein Blut in den Ohren rauschen hören konnte. Es wäre zwecklos gewesen, sich zu wehren. Vor meinem Büro blieb er stehen, stieß unsanft die Türe auf und schleuderte mich hinein. Reflexartig drehte ich mich und stieß mit dem Po gegen die Tischkante.

Es war dunkel. Ich erkannte schemenhaft seine Silhouette, die auf mich zukam, nachdem er die Tür mit einem Fußtritt ins Schloss befördert hatte. Ich knipste die Tischlampe an und bemerkte, wie er sich von seinem schwarzen Schlips befreite und die oberen Knöpfe seines im gleichen Farbton gehaltenen Hemdes öffnete. Er sah eher aus, als würde er zu einer Beerdigung gehen, anstatt zu seinem Geburtstag. Sein Parfüm stieg mir in die Nase, Bilder erschienen vor meinem geistigen Auge. Stopp, Cat! Ganz schnell andere Gedanken. Böse, widerwärtige Gedanken.

Nur – ich konnte seinen Blick nicht deuten. Erleichterung? Ärger? Etwa Verlangen?

Auf keinen Fall! Der spinnt wohl!

Vielleicht sollte ich ihn einfach um seine Krawatte bitten, damit ich ihn damit erwürgen könnte. Egal was jetzt passieren würde, ich war auf jede Situation genauestens vorbereitet.

Sein Atem ging ruhig, dafür war deutlich zu sehen, wie seine Kiefer mahlten. Wild fuchtelte er mit seinem Schlips vor meiner Nase.

»Am liebsten würde ich dich mit diesem Ding erwürgen!«

Ich war fassungslos. Wir hatten beide den gleichen Gedanken mit der Krawatte gehabt. Unwillkürlich prustete ich los. Vermutlich war es die Nervosität, es ging einfach mit mir durch.

»Tut mir leid, die Krawatte ist bereits besetzt«, lachte ich – ein wenig hektisch, zugegeben. Ich wollte ihn hassen, ihm tausend Dinge an den Kopf werfen, aber das hier war einfach zu komisch. Ich begann Tränen zu lachen. Zwei Deppen, ein Gedanke.

Nachdem ich mich wieder gefangen hatte, schaute ich in Damians fragendes Gesicht. Mein Bauch schmerzte vor Anspannung, doch es war okay. Ich wusste nicht, wann ich das letzte Mal so herzlich gelacht hatte.

Völlig unvorbereitet umfasste seine Hand meinen Nacken. Sein Daumen strich sanft über meine Wange, bis seine Lippen auf meine trafen. Vor Überraschung blieben meine Augen geöffnet, während seine Zunge in meine Mundhöhle tauchte.

Hmmm … Er schmeckte wie in meiner Erinnerung. Tatüü-tataa, schmetterte mein Verstand, als er seinen Arm um mich schlang und mich auf dem Bürotisch platzierte. Mein Kopf schrie nein, doch meine Schenkel hörten nicht zu und öffneten sich, damit er sich zwischen sie stellen konnte. Unser Kuss wurde fordernder, unsere Zähne stießen gegeneinander, während sich unsere Zungen einen wilden Kampf lieferten. Unfähig zu denken, folgte ich seinem Rhythmus. Meine Beine umschlangen seine Seiten und pressten ihn enger an mich, bis sein Schwanz meine Mitte traf. Ein kehliger Laut entfuhr ihm, was mich zurück in die Realität beförderte.

Nein!

Es kostete mich sämtliche Energie, meine Hände gegen seinen Brustkorb zu pressen und unseren Kuss zu beenden.

Schwer atmend schauten wir uns in die Augen. »Stopp, Damian, wir müssen reden!«

Er setzte ein schiefes Grinsen auf, als er meine Handgelenke packte, sie hinter meinem Rücken mit seinem Schlips zusammenband und die Enden festhielt.

»Nur für den Fall, dass du den Gedanken hegst, abzuhauen.«

Seine Lippen strichen meine Halsschlagader hinunter bis in meine Halsbeuge.

»Rede!«, gab er zwischen Küssen und Saugen von sich. Was? Wie?

Ich fing an, meine Worte zu sortieren.

»Al… – hmm …« Meine Augen schlossen sich automatisch.

Damian grinste in meine Halsbeuge.

»Was wolltest du sagen?«

Ich öffnete die Augen und wusste, dass ich meine Sprache wiederfinden musste. Erneut setzte ich an: »Damian! Wir müssen reden.«

Er unterbrach die Küsserei für ein »Da hast du recht« und machte ungerührt weiter.

»Alexandra wäre bestimmt nicht erfreut, wenn sie wüsste, was du hier mit mir machst.«

Jetzt hatte ich seine Aufmerksamkeit. Er überlegte kurz und begann dann laut zu lachen.

»Alexandra? Wie kommst du auf sie?«

Verdutzt schaute ich ihn an. »Na, deine hübsche Begleiterin …«

Wieder lachte er. »Catherina, ich fand meine Schwester schon immer *hübsch*, aber zwischen ihr und mir läuft nichts! Außerdem ist es strafbar, mit seinen Geschwistern zu schlafen.« Sein Blick richtete sich in den Himmel. »Gott sei Dank!« Er lachte weiter.

Oh mein Gott! Wo war das Loch, in dem ich mich verkriechen konnte?

»Nachdem das jetzt geklärt wäre, würde ich gern da weitermachen, wo ich aufgehört habe.« Seine Lippen trafen auf meine und setzten den Kuss fort, der sich nicht mehr kontrollieren ließ.

Sag es ihm, Cat!, schrie meine innere Stimme. Ja wie denn? Ich hab den Mund voll!, schrie ich tonlos zurück. Ich versuchte es wirklich, immer wieder. Nach Atem ringend bekam ich die Wörter »Damian, ich bin …« heraus.

»Na sieh mal einer an, wen haben wir denn da?«

Erschrocken unterbrachen wir unseren Kuss.

Damian schaute über die Schulter zu unserem ungebetenen Besucher und verdrehte die Augen.

»Verpiss dich, Kriss!«

Ach du Scheiße!

»Na, mein Freund, seit wann bist du mir gegenüber so feindselig?«

Damians Körper verkrampfte sich.

»Tststs«, machte Kriss. »Und das alles für eine billige Schlampe!«

Oh, oh! Damians Kiefer mahlten. Sein Blick verfinsterte sich.

»Wie hast du sie genannt?«

»Eine billige Schlampe. Obwohl – billig ist nicht ganz korrekt. Bezahlst du sie noch für ihre Dienste oder tut sie es für dich inzwischen sogar kostenlos?«

Ich schaute Damian fest in die Augen. Im Stillen machte ich ihm begreiflich, dass mich Kriss' Worte nicht trafen. Er verstand.

»Ich weiß nicht, wovon du redest.« Erleichterung durchströmte mich, auch wenn Damians Halsschlagader immer noch deutlich hervortrat. Ich hörte, wie Kriss näher kam.

»Weißt du es nicht? Dann werde ich dich mal aufklären. Wozu hat man schließlich Freunde? Ich habe Bennett gestern einen Besuch abgestattet.« Stille.

»Stell dir mal vor, wessen Profil er gerade löschen wollte …«

Damian schloss die Augen, während Kriss seinen Zeigefinger auf mich richtete.

»Was meinst du, macht sie das alles aus Berechnung, weil du so unverschämt reich bist?« Er sah mir direkt in die Augen. »Obwohl, sie ist wirklich hübsch. Würdest du auch mit mir ficken, wenn ich dir genug bezahle? Was, wenn wir einen Dreier schieben? Verlangst du dann das Doppelte oder bekomme ich Rabatt?«

Ich war sprachlos.

Damian auch, er ließ Taten sprechen. Wütend holte er aus und traf Kriss mit der geballten Faust auf die Nase. Blut spritzte. Kriss torkelte zurück, doch das genügte Damian nicht. Er stürzte sich auf ihn und verpasste ihm einen weiteren Hieb in den Magen. Kriss wehrte sich, er traf Damian am Auge. Wie rasend kämpften die beiden gegeneinander. Unmöglich, da einzugreifen.

»Verdammt noch mal, hört auf damit!«, schrie ich aus Leibeskräften.

Ein Schrei hier, ein Stöhnen da kam als Antwort. Ich suchte nach irgendetwas, womit ich die beiden trennen konnte. Ohne Erfolg. Gewissensbisse packten mich. Daran war ich allein schuld! Ich war daran schuld, dass sich die beiden prügelten. Ich ruinierte nicht nur mein Leben, sondern auch Damians! Verzweifelt schlug ich mir die Hände vors Gesicht.

»Ich wollte das nicht«, wimmerte ich. »Es tut mir so leid!«

Für einen kurzen Moment beobachtete ich den Mann, der sich immer mehr in mein Herz geschlichen hatte, und fällte die nächste Entscheidung, die unser beider Leben verändern würde.

Ich ging.

Kapitel 21 ✌ Damian

Aus dem Leben – aus dem Sinn

Langsam kam ich mir vor, als säße ich in einem beschissenen Déjà-vu fest! Nach unserer Auseinandersetzung waren Kriss, dieser Schwachkopf, und ich so lädiert, dass wir den Kampf als unentschieden abhakten. Viel zu spät begriff ich, dass Cat den Raum verlassen hatte. Nein, nicht nur den Raum.

In ihrer Wohnung wohnte mittlerweile ein Student, ihre Arbeit erledigte eine andere. Es stellte sich heraus, dass Cat bei ihrer fristlosen Kündigung bereits eine Nachfolgerin empfohlen hatte.

Und Kündigungsfrist? Wer brauchte das schon.

Ihre Handynummer existierte nicht mehr.

Aus dem Leben, aus dem Sinn.

Ich verstand es nicht! Nach meinem Geburtstag war ich unsere Begegnung dutzende Male durchgegangen. Sie hatte reden wollen. Ich auch! Nun gut, zuerst hatte ich etwas anderes gewollt, aber danach hätten wir reden können, ein ganzes Leben lang – wenn Kriss mir nicht die Tour vermasselt hätte. Schon wieder!

Kaum zu glauben, dass dieser Vorfall inzwischen drei Monate zurücklag. Mein Leben hatte sich seitdem komplett verändert. Ich hatte ein neues Kapitel begonnen.

»Damian!« Die Stimme meines alten Herrn durchbrach die Stille in meinem Büro. Mit hochgezogener

Brauer musterte er mich. »Diese Papiere brauche ich bis heute Mittag von dir!«

Ich überflog sie kurz und nickte.

»Ich habe heute einen Außentermin. Du bist auf dich allein gestellt.«

Ich nickte wieder, während er lächelnd mein Büro verließ.

Das war also aus meinem Leben geworden. Täglich arbeitete ich an der Seite meines alten Herrn. Um genau zu sein, hatte ich die Funktion des Hotelleiters übernommen. Meine Hotelsuite hatte ich gegen einen exklusiven Bungalow eingetauscht, ebenso hatte ich alle schlechten Angewohnheiten wie Partys, Alkohol und Frauen ad acta gelegt. Selbstverständlich hatte mein neuer Lebensstil nichts mit Cats Verschwinden zu tun. Von wegen ich sei das personalisierte Chaos. Es fühlte sich gut an, die Dinge unter Kontrolle zu haben und selbst zu entscheiden, was ich wollte.

Es gab da nur eine Sache, die mir fehlte. Doch die war mir bereits zum zweiten Mal abhandengekommen.

Kapitel 22 ∽ Catherina

Luftikus

Drei Monate! Weitere drei Monate, in denen ich es nicht geschafft hatte, herauszufinden, wie es mit meinem Leben weitergehen sollte. Ich saß im Sessel meiner Mutter und trank Kamillentee. Es war Winter geworden. Trüb und kalt. Genau wie meine Stimmung. Ich musste endlich eine Lösung finden!

»Entschuldige, Catherina!«

Erschrocken richtete ich den Blick zur Tür, meine Mutter war hereingekommen. Ein kleines Lächeln stahl sich auf mein Gesicht, als ich sie betrachtete. Sie war nicht mehr so dünn. Ihre früher noch eingefallenen Gesichtszüge gewannen wieder an Fülle und sie wirkte insgesamt fröhlicher. Ich konnte mich nicht entsinnen, wann ich sie das letzte Mal so gesehen hatte. Womöglich lag es an …

»Ich wollte dich nicht stören, aber hier ist jemand, der gerne mit dir sprechen würde«, unterbrach sie meine Gedanken.

Skeptisch richtete ich mich auf. Niemand wusste, wo ich war. Wer sollte mit mir reden wollen?

»Wer ist denn …?« Hinter meiner Mutter baute sich eine große Gestalt auf und ließ mein Herz für einen Schlag aussetzen.

Wortlos beobachtete ich, wie er sich bei meiner Mutter bedankte, bevor er sich auf die Couch setzte und in mein verdattertes Gesicht blickte.

»Herr Dennert? Was machen Sie denn hier?«, stotterte ich. Sein Blick war weiterhin aufmerksam auf mich gerichtet. Vielleicht war er gekommen, um mich zu verklagen? Das Recht dazu hatte er. Super! Bitte hinten anstellen …

Seitdem ich nicht mehr arbeitete, lebten wir von meinen Ersparnissen, die ich für Notfälle zur Seite gelegt hatte. Der Schuldenberg lief mit und somit summierte sich wieder alles. Ein Teufelskreis, aus dem ich nicht mehr herauskam. Um es auf den Punkt zu bringen: Ich war total am Ende – kein Job, kein Geld, keine Perspektive …

»Ich interessiere mich für meine Mitarbeiter«, gab er mit einem Schulterzucken von sich.

»Ich bin nicht mehr Ihre Mitarbeiterin«, flüsterte ich und wickelte meine Wolldecke enger um mich.

»Catherina, ich werde Ihnen nun drei Fragen stellen und hoffe, dass Sie mir diese wahrheitsgemäß beantworten werden. Ich finde, dass Sie mir das schuldig sind.«

Jep, schuldig war ich ihm einiges … Wie gesagt, bitte hinten anstellen.

Er räusperte sich. »Warum sind Sie gegangen, ohne mit Damian zu reden?«

Allein bei dem Namen stockte mir schon der Atem. Es vergingen kein Tag und keine Nacht, in denen ich nicht an ihn dachte. Was konnte ich antworten, ohne zu viel von der Wahrheit preiszugeben?

Ein spöttisches Lächeln erschien auf meinem Gesicht.

»Sie haben recht, ich schulde Ihnen etwas. Aber bei allem Respekt, Herr Dennert, das ist eine Sache zwischen Ihrem Sohn und mir. Ich ziehe nur meine Konsequenzen aus der Sache.«

Er taxierte mich. Sicherlich gab es viele Menschen, die sich davon einschüchtern ließen. Da ich inzwischen allerdings ohnehin alles verloren hatte, konnte er mir keine Angst mehr einjagen.

Sein Mund verzog sich zu einem schmalen Strich.

»Glauben Sie mir, Catherina. Ich weiß selbst am besten, dass man einige Angelegenheiten gern selbst regeln möchte. Vielleicht würde ich Ihre Entscheidung auch tolerieren, wenn Sie nicht mein Enkelkind unter Ihrem Herzen tragen würden.«

Klirr, klirr, klirr. Bei diesen Worten zerbrach mein Leben in tausend Scherben. Mein Kopf sank nach unten und ich sackte in meinem Sessel zusammen. Woher wusste er das? Damian! Wusste er es auch? Sämtliche Gefühle wallten in mir auf und durchzuckten meinen Körper. Tränen, die sich in meinen Augenwinkeln gesammelt hatten, suchten ihren Weg ins Freie.

»Woher wissen Sie das?« Meine Hand fing einige Tränen auf. »Ich meine … weiß Damian …?« Meine Stimme war nur noch ein Flüstern.

Wie durch einen Nebel vernahm ich die Worte meines ehemaligen Chefs.

»Damian hat sich verändert. Er ist gereift und übernimmt Verantwortung, die ich ihm nie zugetraut hätte. Mein Plan von damals, als ich ihn zur Arbeit im Hotel verdonnert habe, ist aufgegangen, doch dann nahmen die Dinge ihren Lauf, etwas Unerwartetes geschah und etwas, was ich nie gewollt habe. Ich weiß nicht, ob er Ihnen die Geschichte mit Alexandra erzählt hat?«

Mein Blick war starr auf die Wand gerichtet, als ich mit dem Kopf nickte. Herr Dennert faltete seine Hände auf Kinnhöhe. »Die beiden waren ein echtes Traumpaar. Wir alle gingen davon aus, dass sie heiraten würden. Er war ein verantwortungsbewusster junger Mann, bis ihn Alex hintergangen hat. Ich tat alles, um die Presse im Zaum zu halten, damit sie nicht auf den wahren Grund der Trennung stießen. Es war ein Drama. Alexandra hat mittlerweile geheiratet und sie hat Kinder. Damian entwickelte sich nach dieser Trennung zu einem …« Er suchte nach einem geeigneten Wort.

»Luftikus«, beendete ich Herrn Dennerts Satz.

Er lächelte. »Ihm fehlt die Lebensfreude, seit Sie weg sind, Catherina. Seine Lebensfreude, die mich beinahe den Verstand gekostet hat. Er hat nicht nur Sie verloren, sondern auch sich selbst. Aber um Ihre Frage zu beantworten: Nein, er weiß es nicht.«

Mein Körper versteifte sich, während ich ihn anfauchte: »Sehen Sie, genau das alles wollte ich nicht! Ich wollte nicht, dass er seine Lebensfreude verliert! Ich wollte nicht, dass er sich meinetwegen mit seinem besten Freund prügelt! Ich wollte nicht … schwanger werden!« Ich hyperventilierte fast bei meinen Worten. Scheißhormone!

»Ich will niemandem auf der Tasche liegen. Ich will niemandes Leben ruinieren!« Jetzt schluchzte ich wie ein kleines Kind. Tausende Dinge hätte ich noch sagen können, doch alles führte nur zu diesem einen Satz: »Es tut mir leid!«

»Aus Ihren Worten schließe ich, dass Sie die komplette Verantwortung alleine übernehmen?«

Ich konnte nicht antworten, auch wenn er damit richtiglag.

Beschämt blickte er zu Boden.

»Catherina, auch wenn meine Mittel nicht korrekt waren, so hoffe ich doch, dass Sie mir vergeben werden.«

Was meinte er denn damit?

»Ich habe Sie von einem befreundeten Privatdetektiv beschatten lassen, als Sie so plötzlich verschwanden. Ich habe mir Sorgen gemacht. Ich weiß, dass ich mich damit in Ihr Privatleben eingemischt habe, aber ich konnte nicht anders. Nun habe ich Informationen über Ihre Eltern, Ihre Schulden, Ihren Zweitjob, Ihre Besuche beim Frauenarzt. Ich weiß so gut wie alles über Sie.«

Jetzt schluchzte ich hemmungslos. Ich war ein offenes Buch für ihn, er hatte mir nachspionieren lassen! Was man mit diesem Scheißgeld alles machen konnte, wenn man es denn hatte. Mein Chef hatte mich also verfolgen lassen. Ich fühlte mich nackt und hilflos und wappnete mich für den einen Satz, der nun zweifellos folgen würde: *Halten Sie sich auch zukünftig von meinem Sohn fern! Wir brauchen kein weiteres Drama!* Und richtig, Herr Dennert holte bereits tief Luft und setzte zu seinem nächsten Satz an …

»Sie verdienen meine Hochachtung!«

Bitte was?

»Für Ihre Leistungen, für Ihren Willen und für Ihren Kampfgeist. Auch wenn der von Ihnen eingeschlagene Weg nicht der beste war, so verstehe ich, dass Sie aus

221

einer Notsituation heraus gehandelt haben. Und das verdient meinen Respekt!«

Ich fühlte mich wie ein Häufchen Elend.

»Nun zu meiner letzten Frage.«

»Ich weiß nicht, ob ich noch eine Frage verkrafte«, hauchte ich bei dem Versuch, meine Tränen in den Griff zu bekommen. »Außerdem, wissen Sie doch eh alles über mich. Was könnte Sie da noch interessieren?« Die Dennerts lebten eben doch in einer ganz anderen Welt als ich.

Sein Gesichtsausdruck wurde sanfter, als er die Worte »Lieben Sie meinen Sohn?« aussprach.

Darüber musste ich nicht nachdenken.

»Ja! Ja, das tue ich, auch wenn er mich viel zu oft in den Wahnsinn treibt«, gab ich unter Tränen und mit einem Lächeln von mir.

So geschah es, dass ich mich plötzlich in einer Umarmung mit meinem ehemaligen Chef wiederfand, der wie ein Vater zu mir sprach: »Wir finden eine Lösung!«

Kapitel 23 ⁊ Damian

Der Kontrast verschmilzt

Als ich das Haus meiner Eltern betrat, wusste ich sofort, dass etwas nicht stimmte. Was konnte wohl an einem Sonntagabend so wichtig sein, dass ich zu dieser späten Stunde hier auftauchen musste? Nun gut, ich hatte sowieso nichts anderes vorgehabt.

Im Wohnzimmer brannte Licht.

»Paps? Hätten diese Kalkulationen nicht bis morgen warten können …?«, sagte ich beim Eintreten.

Wie vom Blitz getroffen blieb ich in der Tür stehen. Cat!

Moment, vielleicht war das ein Traum?

»Hast du etwas, womit du nach mir werfen kannst, damit ich weiß, dass ich nicht träume?«, fragte ich voller Sarkasmus.

Ihr Blick war undurchschaubar, ihre Körperhaltung nicht mehr so selbstbewusst, wie ich sie in Erinnerung hatte. Diese Frau war gebrochen. Ihr Lachen fehlte. Sie sprach kein Wort. Ihr Blick ging durch mich hindurch.

Wut erfasste mich.

»Rede! Das wolltest du doch schon beim letzten Mal.«

Nichts.

Sie sprach nicht, sie saß einfach nur da, was mir die Zeit gab, sie genauer zu betrachten. Ihre zuvor langen Haare waren einem schulterlangen Bob gewichen. Er stand ihr erstaunlich gut, da ihre schönen Wangenknochen so besser zur Geltung kamen. Sie trug eine schwarze Leggings und einen dunkelgrauen oversized Pullover, der eine Schulter entblößte. Ihre Hände lagen auf ihren Oberschenkeln und ihre Finger verhakten sich immer wieder mit dem Saum ihres Pullovers, als ob sie wahnsinnig nervös wäre. Zu Recht!

Ihr plötzliches Auftreten hatte mich aus der Bahn geworfen. Ohne Umschweife ging ich zu unserer Hausbar und schenkte mir einen Scotch ein. Wie lange war es her, dass ich etwas getrunken hatte? Ach ja, es war an dem Tag gewesen, als ich festgestellt hatte, dass *ich* in *sie* verliebt war. Der Tag, an dem sie mich zum ersten Mal hatte sitzen lassen.

»Auf dich!«, spottete ich und kippte die scharfe Flüssigkeit in einem Zug hinunter. Es brannte. Und damit meinte ich nicht den Alkohol. Noch immer keine Reaktion von ihr.

»Hast du auch deine Sprache aufgegeben? So wie deine Handynummer, deine Wohnung und deine Arbeitsstelle?« Ich schenkte mir noch einen Doppelten ein.

»Ich weiß nicht, wo ich anfangen soll«, flüsterte sie.

Ich lachte in mein Glas und trank es leer.

»Von vorne, Catherina!« Ich setzte mich in einen Sessel, schlug die Beine übereinander und schaute sie an.

»Versprich mir bitte, dass du mich ausreden lässt«, wisperte sie.

Ich nickte knapp.

»Du bist nicht zurückgekommen, nachdem ich dir an diesem einen Abend mein Leben auf einem silbernen Tablett serviert hatte. Ich dachte, du wolltest daraufhin nichts mehr mit mir zu tun haben. So wie alle anderen.«

Beinahe wäre ich von meinem Sessel aufgesprungen, doch ich zügelte mich und blieb sitzen. Ruhig sagte ich: »Ich wollte dir an diesem Abend sagen …«, doch sie unterbrach mich mit einer Handbewegung.

»Ich dachte, du hättest dich gegen mich entschieden und wärest deshalb nicht mehr im Schlafzimmer aufgetaucht. Bevor es zu einer peinlichen Situation für uns beide gekommen wäre, bin ich lieber abgehauen. Ich hätte es nicht ertragen, wenn du mich zurückgewiesen hättest, nachdem ich dir alles erzählt hatte.« Ihr Augen wurden glasig. »Ich brauchte Zeit, um nachzudenken. In dieser Zeit wurde mir bewusst, dass ich dich liebe.«

Da waren sie, die Worte, die ich fühlte, und die jetzt Cat aussprach! Mein Herzschlag beschleunigte sich, ich stand so kurz davor, sie in den Arm zu nehmen, hätte sie nicht weitergesprochen.

»Ich habe mich wie ein Feigling bei meiner Mutter verkrochen. In dieser Zeit erfuhr ich dann etwas, was mir den Boden unter den Füßen weggezogen hat. Ich wollte es dir erzählen, doch es lief alles aus dem Ruder.« Sie stützte den Kopf in ihre Hände und schluchzte hemmungslos.

Mein Körper reagierte wie von selbst, ich fand mich kniend vor ihr wieder, meine Finger verschränkten sich mit ihren.

»Ich bin schwanger.«

Ich erstarrte.

»Ich bin schwanger, Damian!«, wiederholte sie noch

einmal betont langsam. »Du wirst Vater«, fügte sie kleinlaut hinzu.

Ich musste lachen. »Du willst mich wohl verarschen!«

Sie löste sich aus meinem Griff und stand auf, sodass ich gezwungen war, von ihr abzurücken. Sie hob ihren langen, schlabbrigen Pullover und entblößte einen kleinen Babybauch. Wo kam der auf einmal her? Wie hypnotisiert starrte ich auf die Wölbung. Wie sollte das gehen? Ich und Vater? Cat hielt ihren Pullover so fest, dass ihre Fingerknöchel sich weiß färbten. Sie schloss die Augen und wartete meine Reaktion ab.

»Ich habe mich an dem Abend des Unternehmerballs übergeben. Und bei dem ganzen Chaos mit dir habe ich dann vergessen, die Pille zu nehmen. Sie überhaupt weiter zu nehmen.«

Stumm signalisierte ich ihr, nicht weiter zu reden. Ich konnte das nicht! Ich konnte und wollte nichts mehr hören! Diese Situation erdrückte mich. Ich musste hier weg! Wortlos öffnete ich die Terrassentür und trat hinaus in den Schnee.

Draußen herrschte ohrenbetäubende Stille. Tausende Flocken rieselten vom Himmel herunter. Keine Ahnung, wie lange ich schon dort draußen stand, als die Kälte mich wie mit Nadelstichen traf und sich in meinem gesamten Körper ausbreitete. Ich und Vater? Wie sollte das funktionieren? Sie wäre mit Sicherheit eine tolle Mutter, aber ich …?

Zweifel, Zweifel, nichts als Zweifel – und die Tatsache, dass ich diese Frau liebte. Aber reichte das aus? Reichte das aus, um auch ein Kind zu lieben? Mein Kind? Immer wieder wiederholte ich diesen Satz: Mein Kind – mein Kind – mein Kind!

Ja! Es reichte aus. Ich hatte mich entschieden. Für Cat, für das Baby, für uns! Auch wenn ich nicht wusste wie, so wusste ich doch, dass ich endlich angekommen war. Ich hatte meinen Platz gefunden. Den Platz an Cats Seite und an der Seite des Babys. Ich näherte mich der Terrassentür und sah sie auf der Couch sitzen. Dieses Mal gab es kein Weglaufen. Sie wirkte verloren. Ihr Blick war ins Leere gerichtet. Wie in Trance streichelte sie unentwegt über ihren Bauch. Diese Frau würde eine wundervolle Mutter sein, dessen war ich mir sicher. Vielleicht würde sie mir auch helfen können, ein guter Vater zu werden? Stumm trat ich durch die Tür zurück ins Wohnzimmer.

»Siehst du, Damian«, unterbrach sie die Stille. »Der Kontrast verschmilzt. Das Leben ist nicht nur schwarz oder weiß, es besteht auch aus Grautönen. Grautönen, die unerwartet in unser Leben treten. Welche ist die richtige Entscheidung? Bleiben und die Grautöne annehmen oder gehen und sie ablehnen?«

Ein Lächeln schlich sich auf meine Lippen.

»Für was hast du dich entschieden?«

Ihr Blick ging noch immer ins Leere, als sie antwortete: »Für beides.«

Wie meinte sie das?

»Ich nehme sie an, aber gleichzeitig werde ich gehen.«

Sie plante ohne mich. Sie würde mich wieder verlassen! Ruhig legte sie die Hände auf ihren Bauch. »Wir kommen schon klar. Wir schaffen das auch ohne dich.«

Mein Gesicht verfinsterte sich bei dieser Aussage. Ich

schlug mit der Faust gegen die Wand und fauchte: »Ich will nicht, dass ihr klarkommt, ich will nicht, dass ihr das schafft – ohne MICH!«

Ihr Mund öffnete sich tonlos und schloss sich wieder.

»In welchem Monat bist du eigentlich?«

»Anfang sechster Monat.«

Bitte was? Sie hatte mir fünf Monate lang verwehrt, mitzuerleben, wie in ihr etwas heranwuchs, was auch ein Teil von mir war?

Mit zwei schnellen Schritten war ich bei ihr, zog sie hoch und zwang sie, mir in die Augen zu blicken.

»Ich bin auch ein Teil davon!« Um meinen Worten Gewicht zu verleihen, legte ich meine Hand zögerlich auf ihren Bauch. Ihr Blick glitt von meiner Hand zurück zu meinen Augen.

»Kleines, egal ob schwarz, weiß, grau, blau oder rosa, auch wenn ich dir einen verdammten Regenbogen schenken muss … Ich werde für euch da sein! Ich liebe dich, Catherina!«

Meine Lippen sanken auf ihre und hauchten in ihren Mund: »Wir *bleiben* zusammen!«

Epilog ✑ Catherina

Verkauft!

Ein Jahr später ...

Kaum zu glauben, wie schnell die Zeit vergeht. Jetzt stehe ich hier und blicke in die großen blauen Augen unserer Kleinen, die ich auf dem Arm halte.

Ihre dunklen Haare kitzeln mich am Kinn, während sie zu strampeln beginnt. Der Grund für ihre Unruhe ist ihr Papa, der mit einem breiten Grinsen auf uns zukommt.

Genau in diesem Moment bin ich abgemeldet. Damian nimmt seine Tochter in die Arme und stemmt sie einige Male hoch in die Luft. Sie quietscht vor Vergnügen und lacht übers ganze Gesicht. Ich räuspere mich kurz, um mich bemerkbar zu machen. Er hält inne und sagt zu unserem Baby: »Die Mama fühlt sich anscheinend vernachlässigt.«

Mit dem Zeigefinger tippe ich auf meine Lippen, was sein Lachen nur noch breiter werden lässt. Seine Küsse rauben mir noch immer den Atem. Vor allem, wenn er mir danach so lausbubenhaft zuzwinkert. Lächelnd schüttele ich meinen Kopf und blickte mich in dem festlich geschmückten Saal um. Gleich wird es losgehen ...

Damian hat mittlerweile die Geschäftsführerposition der Hotelkette übernommen, sodass sich sein Vater immer mehr zurückziehen konnte. In diesem Jahr hat er es geschafft, den Unternehmerball ausrichten zu dürfen, weshalb wir uns heute alle hier versammelt haben. Damians Eltern stehen mit meiner Mutter, die in Begleitung ihres neuen Lebensgefährten an der Feier teilnimmt, an einem Stehtisch. Ja, das Leben hält manche Wunder bereit. Unvorstellbar, dass sich unser netter Bankberater in das Herz meiner Mutter zu schleichen vermocht hat! Die beiden wirken glücklich und zufrieden. Das Verhalten meiner Mutter hat sich im Allgemeinen komplett verändert. Die Liebe, die sie mir jahrelang verwehrt hat, schenkt sie nun in vollstem Maße unserer Kleinen.

Und unsere Schulden? Obwohl ich vehement widersprochen habe, hat es sich Damians Vater nicht nehmen lassen, sie zu begleichen. Immerhin konnten wir uns darauf einigen, dass ich im Gegenzug das Kinderanimationsprogramm auf einige von Damians Hotels ausweite, also die Entwicklung der Konzepte und die dazugehörige Leitung übernehme.

Die Großeltern haben sich nur zu gerne für den Part des Babysitters gemeldet, wenn ich arbeiten gehe. Man könnte sagen, eine Win-win-Situation für alle Beteiligten.

Unser kleiner Sonnenschein quiekt vor Freude, weil sich sämtliche Aufmerksamkeit auf sie richtet, denn Damian ist jetzt mit ihr zu ihren Großeltern gegangen.

Eine Stimme schrillt durch den Saal: »Cat, Cat …«, gefolgt von klackernden Absätzen. Plötzlich wird mein Bein umklammert und ich verliere beinahe das Gleichgewicht. Erschrocken blicke ich nach unten in große, braune Augen. Unmöglich! Dass Freude und Leid so nahe beinander liegen können … Ich sinke auf die Knie und schließe Carlotta in die Arme.

Die Kleine hat ihre Chemotherapie erfolgreich hinter sich gebracht. Ihre Locken sind zwar verschwunden, dafür schmückt jetzt ein Kurzhaarschnitt ihr Köpfchen, was ihr Lächeln nur noch herzlicher wirken lässt, denn das hat die kleine Kämpferin in all der Zeit nicht verloren! Auch Carlottas Mutter ist gekommen, wie ich an ein paar Damenpumps erkenne, die sich uns nähern. Ich richte mich auf, wir umarmen uns und sie plappert prompt auf Spanisch los. Das letzte Wort ist ein »Danke«, das sie mir ins Ohr flüstert.

In diesem Moment spüre ich Damians Anwesenheit hinter mir. Ich lasse mich in seine Arme fallen und bedanke mich wieder und wieder bei ihm für alles, was er für mich – für uns – getan hat. Dann nehme ich unseren Sonnenschein in den Arm und knie mich zu Carlotta.

»Carlotta, das ist Charlotte.«

Beide Mädchen hocken sich auf eine Krabbeldecke und spielen herzergreifend miteinander.

Damian umarmt mich von hinten und legt seinen Kopf auf meine Schulter.

»Liebst du mich gerade?«

Nicht einmal tausend Worte könnten das beschreiben! Ich blicke zu ihm hinauf, als er mir ins Ohr flüstert: »Ich wüsste da was, wie du mir deine Liebe beweisen könntest. In fünf Minuten in der Besenkammer?!« Sein erwartungsvolles Grinsen raubt mir den Atem.

Ach du meine Güte!

Ein Lächeln stiehlt sich auf mein Gesicht. »Charlotte schläft heute bei deinen Eltern. Somit habe ich die ganze Nacht Zeit, um dir zu zeigen, wie sehr ich dich liebe.«

Er strahlt übers ganze Gesicht.

»Aber zuerst müssen wir das hier über die Bühne bringen«, sage ich und zwinkere ihm zu. Ich liebe diesen Mann mit jeder Faser meines Körpers.

Musik dringt in mein Ohr. Die Nebentüren des Saales öffnen sich und die Mitarbeiter der Kinderanimation betreten dicht gefolgt von Kriss, Damians Schwester und Isabelle den Saal. Was ist denn hier los? Bevor ich reagieren kann, zieht mich Carlotta auf die Bühne. Völlig verdattert blicke ich in die zahlreichen Gesichter, die meine Bewegungen nun alle genau verfolgen.

»Was soll das?«, fragte ich das kleine Mädchen, das mittlerweile unsere Sprache gelernt hat und meine Hand festhält. Sie lacht mich fröhlich an und richtet ihr Wort an die versammelten Menschen.

»Ich bitte um eure Gebote.«

Was? Ich werfe Damian einen fragenden Blick zu, doch der Fiesling lacht nur und zuckt mit den Schultern. Erst jetzt bemerke ich, dass alle dort unten Bietertafeln in den Händen halten.

»Nun?«, drängt die kleine Lady. »Was bietet ihr?«

Damians Vater, der seinen Arm um seine Frau gelegt hat, hält als Erster seine Tafel in die Höhe.

»Ich biete Vernunft! Vernunft, immer wieder den richtigen Weg einzuschlagen.«

Sein liebevoller Gesichtsausdruck raubt mir die Sprache, ich verstehe gar nichts mehr. Die Bietertafeln meiner Kinderanimationscrew schnellen in die Höhe. Alle stimmen in ein unverständliches Stimmengewirr ein und lachen.

»Wir bieten Vertrauen! Vertrauen, es jemand anderem zu schenken«, höre ich dann heraus.

Ich verstehe nur Bahnhof.

Die nächste Tafel wird hochgehalten. Carlottas Mama, die langsam in unserer Sprache sagt: »Ich biete Hoffnung! Hoffnung, dass alles gut wird.«

Tränen sammeln sich in meinen Augen, ich kann sie nur mühevoll herunterschlucken.

Jetzt hebt Damians Schwester ihre Tafel und lächelt verschämt. »Ich biete Eifersucht! Eifersucht, die dann und wann auch mal förderlich sein kann«, sagt sie und zwinkert mir zu.

Mein Gesicht fängt an zu glühen, als ich mich an das Versehen erinnere. Mein Blick schweift wieder zu Damian, der einen Finger an die Lippen hält und ein Lächeln dahinter versteckt. Was soll das hier?

»Ich biete Wut! Wut, die auch dazugehört.« Kriss! Er hält seine Tafel nach oben und kratzt sich am Hinterkopf. Ja, er fühlt sich unwohl in seiner Haut, das sieht man ihm nur zu deutlich an. Isabelle, die dicht neben ihm steht, zückt als Nächste ihre Tafel.

»Ich biete dir Freundschaft! Freundschaft, die ein ganzes Leben lang halten soll.«

Ihr liebes Lachen rührt mich zutiefst. Warum sieht Isabelle so anders aus? Hätte mich Carlotta nicht an der Hand gehalten, wäre ich am liebsten von der Bühne gesprungen und ihr in die Arme gefallen. Mein verschleierter Blick richtet sich wieder auf die Menge. Meine Mutter hält Charlotte im Arm und ihre Tafel nach oben. Tränen rinnen ihr übers Gesicht und es fällt ihr schwer, zu sprechen. Charlotte versucht, mit ihrer kleinen Hand eine Träne von Mutters Gesicht zu wischen, was ihr ein Lächeln auf die Lippen zaubert. Walther bestärkt sie, indem er ihr seinen Arm um die Hüfte legt.

»Ich biete dir Liebe! Eine Liebe, die alles verändern kann.«

Mein Magen zieht sich auf so schmerzliche Weise zusammen, dass ich bitterlich zu weinen beginne. Ich fahre mir mit der Hand übers Gesicht in dem verzweifelten Versuch, meine Tränen unter Kontrolle zu bringen. Jemand räuspert sich. Damian! Nein, bitte! Ich kann nicht mehr ...

Er zeigt im Raum umher. »Ich biete dir das alles«, sagt er und kommt einen Schritt näher.

»Vernunft.« Er macht einen weiteren Schritt.

»Vertrauen.« Noch einen Schritt näher.

»Hoffnung.« Ein weiterer Schritt.

»Eifersucht.« Sein Lächeln wird breiter, als er wieder einen Schritt auf mich zugeht.

»Wut.« Dieses Wort kommt sehr schnell, was mich durch meinen Tränenschleier lächeln lässt.

Das Wort »Freundschaft« betont er wieder länger, als ein weiterer Schritt folgt.

Mittlerweile steht er ganz dicht vor der Bühne. Er sieht mir tief in die Augen.

»Liebe!«

Eine Gänsehaut saust meinen Rücken hinunter.

Plötzlich erstrahlt der Saal in sämtlichen Farben, Laserstrahlen, die kunterbunt leuchten.

»Einen Regenbogen ...«

Mein Herzschlag setzt aus.

»Das alles werde ich dir bieten.«

Aus seiner Jacketttasche zieht er eine kleine schwarze Schachtel. Er öffnet sie und präsentiert mir einen unglaublichen Ring. Ich vergesse zu atmen.

Er lächelt.

»Ich biete mich!«

Mein Körper reagiert, bevor es mein Kopf tut. Ich schleudere mir die Pumps von den Füßen, hechte die Bühne hinunter und falle in Damians Arme.

Mein Körper zittert in seiner starken Umarmung und endlich kann ich meinen Tränen freien Lauf lassen. Applaus setzt ein.

»Verkauft!«, ruft Carlotta hinter mir, und schenkte uns allen: ein Lachen!

Vielen Dank fürs Lesen!

Der frauenverachtende Kristoffer und die – wortwörtlich – schlagfertige Isabelle …

Inzwischen weiß ich, es gibt einen Grund dafür, dass
Kriss sich so unwohl fühlt. Dieses rothaarige Gift ist im
Begriff, sein Leben zu ruinieren. Aber das wird er sich
bestimmt nicht gefallen lassen!

Fortsetzung folgt …